# 猫さえいれば、たいていのことはうまくいく。

荻原 浩
石田 祥
清水晴木
標野 凪
若竹七海
山本幸久

ポプラ文庫

猫さえいれば、たいていのことはうまくいく。

目次

荻原 浩

# 猫は長靴を履かない

## 荻原 浩（おぎわら・ひろし）

1956年、埼玉県生まれ。成城大学経済学部卒業。広告制作会社勤務を経て、フリーのコピーライターに。97年『オロロ畑でつかまえて』で小説すばる新人賞を受賞しデビュー。2005年『明日の記憶』で山本周五郎賞、14年『二千七百の夏と冬』で山田風太郎賞、16年『海の見える理髪店』で直木三十五賞受賞、24年『笑う森』で中央公論文芸賞受賞。他の著書に、『愛しの座敷わらし』『砂の王国』『金魚姫』『ワンダーランド急行』など多数。

大好きなママさんと寝たいよー。あったかいおふとんの中に入れてほしいニャー。

いつも優しいパパさんに♡肉球もみもみでお返し。

お風呂はかんべんしてほしいにゃ。でも終わった後のドライヤーは気持ちいいにゃあ。

大きな窓から外を見るのがしあわせ♡♡

と、こんな感じの、猫の気持ちだというせりふが、動画や写真付きで、ネットその他のメディアにあふれているけれど、断言しよう。

ぜーんぶ、嘘《うそ》だ。

すべて人間の思い込み。だって猫に直接話を聞いたわけじゃないんでしょ。いえ、私は猫から直接聞きましたよ、という人がもしいたら心からお詫《わ》びして発言を撤回するけれども。

大好きなママさん？　外を見るのが幸せ？　ほんとうに？　猫の心なんて人間には永遠にわからない。

と、このようにぼくが世の中の猫好きたちを敵にまわすようなシニカルな考えに至ったのには、理由がある。

いままさに、ぼくの目の前に猫がいる。こいつが「おふとんに入れてほしいニャ」とか「肉球もみもみでお返し」なんて金輪際《コンリンザイ》、考えないだろうと思うからだ。何を考えているのかさっぱりわからない。

何か考えているとしたら、「じろじろ見てんじゃねーよ」「メシはまだか」「肉球にはぜぇってえ触んなよ」たぶんこんなところだと思う。

断っておくが、ぼくは猫嫌いじゃない。犬か猫かの二択なら、猫派だと自分では思う。だけど、人生で初めて猫という生き物と一緒に暮らしはじめての、率直な感想は、飼い主が自分を猫派だと思っても、猫はけっして「人間派」ではないってことだ。

ぼくの目の前で後ろ足を広げて座り、前足で顔を洗っているのは、灰色のスコティッシュフォールドだ。ふつうの猫と違って、本のページの端《はし》を折ったみたいに耳が寝ている。モップっぽい毛皮に黒い縞《しま》模様で、丸い目の上の、傍点みたいな短い横縞が眉毛に見える。可愛《かわい》いかと言えば、可愛――かったのだろう、子猫の時には。雄《おす》だからか、猫ってこんなに大きかったっけ、と思うほど、でかい。たぶん大玉スイカより重い。年齢は不詳。なぜこの猫と暮らすことになったのか、話せば長いのだけれど、いや、長くはないか。ひとことで言えば、叔父《おじ》さんから遺産として譲り受けたのだ。

ぼくは小学六年生の時に両親を亡くした。交通事故だった。家族三人で海に出かけた帰り道、トラックと衝突して、後部座席にいたぼくだけが生き残ってしまったのだ。

身寄りがなくなったぼくは、叔父さんに引き取られた。

叔父さんは従業員二人の会計事務所を経営していた。特別裕福というわけではなく、娘も二人いたけれど、ぼくは実の子どもたちと分けへだてなく育ててもらった。自分の子どもが二人とも女の子だったから、ぼくと叔父さんはよく二人でサッカーをしたり、釣りに行ったりしていた。そんな時、叔父さんは、肉づきのいい丸顔をほころばせて言っていた。「ほんとはね、男の子も欲しかったんだ」

でも、本当の親子じゃないのだから、いつまでも甘えてはいられない。ぼくは高校を卒業すると同時に、叔父さんの家を出ると決めていた。就職するつもりだったのだが、「大学に寄り道するのも悪くないよ。学費の心配はしなくていい。俺も兄貴に援助してもらったんだから」叔父さんに説き伏せられて、遠くの町の大学へ通うことになった。

出してもらったのは入学金と四年間の授業料だけだ。生活費は自分で稼いだ。大学を卒業したぼくは、映像系の広告制作会社に就職した。バイトがあるからろくに参加はできなかったが、大学では映画研究会に入っていて、映像関係の仕事に興味を持つようになったのだ。その意味では叔父さんの言うとおりだった。寄り道するのも悪くない。

就職が決まった時に挨拶《あいさつ》に行ったきり、コロナもあって叔父さんとは一年以上会っていなかった。最初の給料で何かプレゼントをするという約束も果たせないまま、社会人二年目になった矢先に、叔父さんは亡くなった。

三か月前のことだ。ちょっと太めで血色がいい叔父さんは、誰が見ても健康そのものだったのに。実の子どもじゃないから、知らされていなかったのだ。半年ほど前に末期ガンの告知を受けていたことを。

●

短命の家系なのかね。葬式では、呪いの言葉のようなそんな囁《ささや》きを何度も聞いた。

ぼくの父親と叔父さんだけでなく、二人の父親、ぼくの祖父も若くして亡くなっているからだ。短命と言っても、ぼくの父親の場合、事故死だし、偶然だよ、ぜんぜん関係ないと否定するそばから思ってしまう。自分はいつまで生きられるんだろう、未来のことは考えても無駄かもしれない、と。

葬儀が終わり、ぼくに連絡がないまま四十九日の法要も済んでしまったある日、ぼくのところに籐籠《とうかご》をさげた男が訪ねてきた。きちんとネクタイを締めた初老のその男は、弁護士だという。

「依頼主の遺言に基づいて、遺贈等《とう》についてお話しに参りました」

「いらないです」

「そうおっしゃられても。放棄となりますと困ったことに……」

弁護士はそう言って、籐籠を床に下ろした。物音ひとつしなかったから、開けられるまで気づかなかった。籠の中には、猫が入っていた。

ほんとうに叔父さんの遺志だろうか。厄介払いじゃないのか。叔父さんが猫を飼いはじめたという話は、以前、電話をもらった時、本人に聞いていたが、叔母《おば》さんが猫嫌いで、娘たちも面倒くさがって、叔父さんが一人で餌《えさ》やトイレその他すべての世話をしていると言っていた。「風呂を嫌がらないんだよ。むしろ風呂好き。変わった猫だろ」

弁護士の用件は猫だけじゃなかった。書類を一枚置いていった。借金の返済の督《とく》促状《そくじょう》だった。

「奥様は収入が途絶えて、たいへん困っておられます。娘さんお二人も受験を控えている時期ですし」

書かれている金額からすると、大学四年間の学費だろう。確かに「学費は出す」と言われた時、「じゃあ、貰《もら》うんじゃなく、借りるだけ。必ず返します」と叔父さんには言った。その言葉に嘘はないけれど、生活に余裕ができてから少しずつ返す、自分から言うのもなんだが「出世払い」のつもりだった。急に言われても困る。叔母さんがその場にいたことも覚えている。叔母さんはどんな顔をしていただろう。思い出せない。弁護士の話では、借用書がなくても、口座の入出金が明らかな今回は、ぼくに返済の義務があるそうだ。

ようするに叔母さんは、本当なら自分の子どもに使うべきお金や時間を、よその子どもに浪費するのが我慢できなかったんだろう。いまになって思い出した。まだぼくがいた頃のことだ。叔父さんが猫を飼いたいと言い出した時、叔母さんはこう言ったのだ。「これ以上、無駄なお金は使えません」あれ、ぼくのことだったんだな。ぼくは「無駄なこれ」だったんだ。

こちらにしてみれば、叔父さん一家に預けた、ぼくの両親の保険金はどこへ行ってしまったのか訊《き》きたかったけど、叔母さんの気持ちはいまのぼくにはわかる。いきなり家に大きな猫がやってきて、これを飼えと言われたようなものだろう。しかも猫よりはるかに図体が大きくて、娘たちに何するかわからなくて、何十倍も金がかかるパラサイト。

「返済期限はまだ設定しておりませんが、上の娘さんの大学入試が始まる来年早々までにお願いできればと思っております。誠意ある対応を期待しております」

まだ設定していない、ということは、遠からず返済期限が通告されるのだろう。

弁護士は孫といってもおかしくない齢《とし》のぼくに、深々と頭を下げて出て行った。

というわけで、童話のように、猫が長靴を履くわけもなく、ぼくは一匹のスコティッシュフォールドと二百二十万円の借金を抱え込むことになった。

●

猫の名前はわびすけ。叔父さんは茶目っ気のある名前だと思ってつけたんだろうけど、無愛想でどん臭そうなこの猫には、妙にはまっていて、笑えない。年齢が不詳なのは、大人の保護猫を譲り受けたからだそうだ。

あまり活動的な猫じゃない。一日の大半を寝て過ごすか、起きていてもほとんど動かずひなたぼっこをしているかだ。目が覚めている時には、座っている。ちんまり足を折り畳む猫的な座り方じゃなく、人間みたいに尻を床につけて座るのだ。後ろ足を左右に投げ出し、上半身はお腹に載せるように立たせたり、壁にもたせかけたり。股割《またわり》が下手な相撲取りに見える。

「わびすけ」と名前を呼んでも、餌の時以外は体を動かすのがもったいないとでもいうふうに動かず、じろりと睨《にら》んでくるだけ。鳴くのは餌や水やトイレ掃除を要求する時。もしくは、ひとり言――っていうのか、なんかうにゃうにゃ唸《うな》っている時だけ。飼っているのは大家さんには内緒だから、大声で鳴かないのは好都合なのだが。にしても、叔父さんはこの猫のどこが良くて飼うことにしたのだろう。

●

在宅勤務が増えたこの頃は、仕事の邪魔をする猫が話題になったりする。

『うちのネコちゃんはほんとーに甘えん坊で困る』

『仕事していてかまってあげないと、嫉妬《しっと》するみたい』

嘘ですよね、その話。猫から直接聞きました？　自作のファンタジーですよね。飼い主が仕事をはじめたとたん、パソコンに近寄ってくるのは、起動中のノートパソコンが温かいから、それだけだ。キーボードに寝そべってしまうのは、キーのイボイボがほどよく体をマッサージしてくれるから。マウスにちょっかいを出すのは、それこそネズミをいたぶるのと同じ、狩猟本能デス。わびすけを見ていればわかる。わびすけもよくキーボードの上に寝そべったり、マウスを齧《かじ》ったりして、ぼくの邪魔をするけれど、ぼくに甘えてきはしないし、まして仕事に嫉妬しているなんて１８０％《パー》ありえない。マウスを動かさないと、「もっと仕事をしろ」という目つきをすることはあるけれど。


今日は久しぶりのウエブ会議だ。

狭いワンルームのうえに、いまや猫までいるぼくの住まいは、ウエブ会議には向いていない。先輩社員たちなら、ペットや子どもが映りこむのもご愛嬌《あいきょう》で、場がなごんだりするが、二年目の駆け出し小僧のぼくの場合、「遊び半分でやるな」なんて言われるのがオチだ。「猫を飼うなんてなまいきだ」とか。

わびすけが来てからのウエブ会議はこれで二回目。前回同様、寝ていたわびすけを、寝かせたまま押入れに運んで、引き戸を閉めておいた。

ぼくはＣＭプランナーだ。まだ見習いだが。小さな制作会社だから、本格的なＣＭの仕事はほとんどなく、あったとしても、ローカル枠のパチンコ店の新装開店や家電量販店のバーゲンセール告知なんてものばかりだ。今日の制作会議も、ＣＭではなく、建設会社のリクルート用のＰＶ《プロモーションビデオ》について。

大学で映研に入ったのは、叔父さんの影響だ。娘たちと観るのはアニメばかりだから、つきあってくれと言われて、よく二人で映画館へ行ったり、WOWOWシネマを観たりした。ぼくと叔父さんの趣味もそれほど合わないのだけれど。

ぼくはSFや特撮ものが好きで、叔父さんが好きなのは、ミュージカルや渋い演技派俳優が出る映画。『サウンド・オブ・ミュージック』は十三回観たそうだ。「俳優になりたかったんだよ。二枚目は無理でも、みんなに愛される個性派俳優なんかに。昔はいまより十キロは細かったし」と丸いお腹をさすって言っていた。劇団四季の研究生のオーディションを受けて、書類選考で落ちたこともあるそうだ。

会議が始まった。ぼくは六分割画面の左下、いちばん下っぱのポジションだ。会議にみんなが顔を揃えてからは、右下のサムネイルばかり眺めていた。真壁《まかべ》さんがいるからだ。

真壁麻里乃《まりの》さんは、フリーのCMディレクター。まだ二十七歳だが、学生時代からショートムービーの監督として有名で、アマチュアの映画祭で賞も取っている。ぼくの尊敬する——尊敬というより憧れの——憧れというのは職業的なことだけでなく女性として好き——好きというのは、ただのLIKEではなく——

以前の会議の時に、ぼくが動物を登場させる案を出したら、真壁さんに一蹴《いっしゅう》された。「動物を使うのはあまり好きじゃない」わびすけが映らないように万全の注意を払っているのは、そのためでもある。

会議がスタートしていくらも経たないうちに、部長が、昼飯に何を食っただの、どこそこのランチはうまいのまずいのという長話を始め、みんなにひきつった苦笑いを浮かべさせる。

「細かいことは、みんなで詰めてみて。じゃあ」途中で退席してしまうのもいつものとおり。競馬場に行く時間になったんだろう。

今回は珍しくぼくの意見が採用された。オープニングに、虹をつくるガラスアートを使うというアイデアだ。染色ではなく、ガラスを精緻《せいち》に研磨し、光の反射と屈折だけで虹をつくり出すアーティストがいるのだ。

「どういうの？」しかも食いついてくれたのは真壁さん♪

「あ、本があるので、いまお見せします」

ワンルームだから、本棚はすぐそこなのだが、違う部屋へでも行く感じでゆっくり歩いて、数多くの蔵書の中から探し出したというふうにもったいぶってから、パソコンの前に戻った。

みんなが笑っていた。真壁さんもだ。

「はは、おもしろーい」

「いいキャラだねえ」

「どう……したんですか」妙なものでも映ってしまったか。ドン引きされそうで、机の真後ろの棚に飾っている手作りの怪獣のフィギュアは、映らない場所に移動させたはずだが。

真壁さんに訊かれた。「なんていう名前?」

えー、とっくに名刺交換しているのに。ショックだ。「麦田孝介《むぎたこうすけ》です」

「違うよ、ムギタくんのうしろの、そのコ」

振り向くと、Ｚｏｏｍ映えするように、気取った小物を配置しておいた収納棚のいちばん上に、わびすけがいた。

後ろ足を投げ出し、背中を丸め、お腹をぼてんと突き出した、いつものポーズで座っている。前足を広げた後ろ足の上に置いているから、まるっきり電車で迷惑座りをしているくたびれたサラリーマンのおっさんみたいだった。丸い顔をうつむかせ、不機嫌そうに細めた目の上の眉毛みたいな縞と、そのうえのバーコード頭みたいな横縞模様があるから、なおさらだ。

「わびすけです」

わびすけが前足を突き出た腹に載せて、満腹のジェスチャーみたいにすりすりとさする。またみんなが笑った。

「それ、ぜったい、さっきの部長のまねでしょ」

「どうやって仕込んだの？」

「違います違います。いま追い出しますんで」

いつのまに押入れの戸を開ける技を習得したんだろう。わびすけの尻をすくいあげて、唯一の別室である風呂場に連れて行こうとしたら、画面から声があがった。

「えーなんで連れてっちゃうのぉ、可愛いのに」

ぼくの足はぴたりと止まる。真壁さんの声だった。動物嫌いじゃなかったんだ。

赤ん坊をあやすように腕の中のわびすけを揺すってから、棚の上に設置し直した。みんなの視線を知ってか知らずか、いつもは動かないわびすけが、背中を向けて丸くて太いしっぽを振ったり、Ｚｏｏｍ受けを狙ったアート写真入りのフォトスタンドを倒して、その後ろの子どもの頃からのアヒルの貯金箱を暴露したり、しまいには棚から飛び降りたり、また飛び乗ったり。そのたびにみんなの笑いと喝采《かっさい》を浴びた。昼間は陰険な感じに細まる瞳孔《どうこう》が、どうやって調節するのか愛らしく丸くなっていた。こいつ、ぜったい調子に乗ってる。

●

真壁さんから連絡をもらった時は信じられなくて、ラインの画面に浮かんだ初めての名前を何度も見返した。

『会えませんか』

ぼくに用事があるとしたら、仕事のことに決まっているが、それでも胸が高鳴った。

真壁さんが指定してきたのは夜で、店の名前は横文字だったから、彼女が商談に使うレストランかと気張ってジャケットを着ていったのだが、刺身の盛り合わせやポテトサラダといったメニューが壁に貼られている居酒屋だった。

ビールで乾杯をし、そのジョッキを置くより早く、真壁さんが言った。

「ねえ、麦田くん、気に入ったよ」

どんな相槌《あいづち》を打てばいいのかわからないうちに、言葉が続いた。

「一緒に仕事しない？」

ま、そうだよね。2・5％ほど期待してしまったが、男女のことのわけがない。でも、認められたのは嬉《うれ》しかった。ガラスアートのアイデアが効いたのかも。真壁さんの個人事務所で雇ってもらえるなら、ぼくは明日にでも辞表を出す。

「やります」返事が恥ずかしいほど早すぎた。「ぼくは何をすればいいですか」こっちを訊くのが先なのに。

「ええっと、もちろん麦田くんにもがんばってもらいたいけど……」

にも？　けど？

中ジョッキを半分に減らして、真壁さんが顔を寄せてきた。ぼくの顔が赤く火照《ほて》ったのは、まだふた口目のビールのせいじゃない。

「ねえ、わびすけで動画配信、しない？」

「わびすけを？　……TikTokとかに出すってことですか」

「長尺もやりたいから、ユーチューブかな。あの子はいいよ。可愛くないのに、チャーミング。ふつうの猫とはちょっと違う。何か、持ってる。隠し持ってる」

真壁さんの口から零《こぼ》れる称賛の言葉がうらやましい。ぼくは自分の猫に嫉妬した。

「買いかぶりでは？」ついすねた調子で反論してしまった。

「一緒にいるから気づかないんだよ、真の姿に。あれだけのスコ座りはちょっとないよ」

「スコ座り？」

スコティッシュを飼ってるのに、知らないのか、という顔をされた。スコ座りというのは、わびすけがよく見せる、おっさんみたいなダラケ座りのことだそうだ。ああいう座り方をする猫が、スコティッシュフォールドに多いから「スコ座り」。

「でも、何をどうすればいいんでしょう」

「まかせなさい。収益は半々でいい？」

「収益？　金儲《もう》けをするんですか」

「あたりまえだよ。なんのための動画配信だ。うちのきゃわいい猫ちゃんを見てもらえれば、それで満足なのデスか？」

「いえ、そんなことは……」金は欲しい。全額は無理でも来年の年明け頃には、従兄妹《いとこ》のキクちゃんの受験費用ぐらいの金は返したかった。叔母さんのためではなく、キクちゃんのために。じつは消費者金融で借りるしかないかと思い詰めていたのだ。「収益って、広告収入とか、企業案件《タイアップ》とかですか」

「いや、企業案件はやらない。魂《たましい》を売るのは、ＣＭの仕事だけでじゅうぶんだ。もっと手っ取り早く儲けよう。投げ銭をもらうんだ」

「投げ銭？」

「そう、スーパーサンクス」

投げ銭《スーパーサンクス》というのは、視聴者が気に入ったコンテンツに直接チップ（お金）を送れるしくみのことだ。聞いたことはあるが、やったことも見たこともない。

「ああいうのって、利用資格が必要だって聞きますけど」

見栄を張って知ったかぶってみた。映研時代の仲間にもユーチューバーをやっているヤツがいるけれど、資格の条件がクリアできないとか、金が儲かるのはほんのひと握りの人間だけだとか、いつもぼやいている。

「資格？　登録者数とか再生時間のこと？　ああ、問題ない。私を誰だと思ってる」

真壁さんは自身のユーチューブチャンネル『マリノ≠マカベ』を持っていて、映像作家としての活動報告に使っている。登録者もそれなりの数がいるそうだ。

「でもそれなり、じゃだめなんだ。ぜんぜん足りない」

「何が足りないんです」

真壁さんはビールを日本酒に替え、頬《ほお》づえをついてぼやきはじめた。フリーランスで、まだ二十代で、しかも女だと舐《な》められる。景気が悪いからディレクション料も安い。ＣＭの仕事だけでは足りなくて、ユーチューブの配信を始めたそうだ。

ぼくら若い制作者にとって、二十代で独立して、映像作家をやっている真壁さんは、夢であり希望だ。目の前でその夢と希望にコップ酒をずるずるすすりながら愚《ぐ》痴《ち》をこぼされてしまったら、どうしたらいいのだ。「今度、一緒に映画撮らないか」じつはぼくは、そんな真壁さんのせりふまで妄想《もうそう》していた。まあ、当たらずといえども遠からずではあったのだが。近くもないが。

酒には弱いのに、真壁さんにつき合って日本酒を頼み、あっさり酔っぱらい、そして言ってしまった。

「やりまふ。やりまほう。世間を見かえしてやりまひょう」

「ようゆうた、麦田。あの子ららスターになれれよ」

酔っぱらい同士の約束だ。真壁さんが本当にうちに来るのかどうかわからないまま、土曜日の午後、ぼくは久しぶりに部屋の掃除をしていた。窓を開け放って入れ替えた空気にファブリーズを振りまく。掃除機だけでなく隅々にまでモップをかけ、ついでにモップに攻撃をしかけてくるわびすけの毛皮もブラッシングした。収納棚に飾った手作りの怪獣のフィギュアを押入れにしまい込む。

怪獣のフィギュアは映研時代につくったものだ。制作志向の強い映研だったが、みんながつくりたがっていたのは、観念的なアート作品。お金と手間がそうかからないし、つまらなくても理屈で反論できる。特撮映画をつくろうとしていたぼくは、数少ない仲間とともに他の会員からはバカにされていた。怪獣は、結局未完成に終わった『ラストワールド～新ジェラ紀元年』という自主制作映画のために、石膏粘《せっこう》土でつくった500分の1のミニチュアだ（500分の1なのに、身長35センチ！映画が完成しないわけだ）。名前は、ラプタサウルス。

映研時代のぼくが何かを誉《ほ》められたとしたら、このラプタサウルスと街並のミニチュアの完成度ぐらいだ。

真壁さんはお土産《みやげ》のたいやきを抱えてやってきた。コーヒーを用意していたが、お茶に替え、座卓に会社で使っている絵コンテ用紙を積んで、ぼくらは作戦会議を始めた。狭い部屋に真壁さんと二人きり、少し前には信じられないシチュエーションに、たいやきのあんこが喉《のど》に詰まりそうだった。わびすけはいつになくそわそわして、しっぽをぴんと立てて、真壁さんのジーンズの太ももに体をこすりつけたりしている。猫も雄は女に弱いのか？　ああ、膝の上に乗ったぞ。うらやましい。たいやきの感想しか口にしない真壁さんは、ノーアイデアのようだったから、ぼくは用意していたペーパーを差し出した。

「いちおう、考えてみました。企画案というより、方向性を列記しただけですが」

①　流行《はや》りの音楽を使う（ユーチューブ内なら著作権フリーで使える音楽があることを最大限に利用する）。

②　タイトルはキャッチーに。トレンドワードやニュース性の高いフレーズを。

③　テーマは幅広く豊富に。どんな嗜好《しこう》や年代層にも対応できるよう、要素をちりばめる。

④　冒頭3秒以内にインパクトのある映像を流し、視聴者の心を摑《つか》み、他へ行かせない。

⑧までを真壁さんは真剣な目つきで読んでくれた。
「これ、自分で考えたの」

「あ、ええ……いえ、いろいろ調べながらですが……ネットや……ネットとか」

「それは、考えたとは言わないよ」

真壁さんは怒っているふうでもなくそう言い、たいやきのしっぽをくわえたまま立ち上がって、ペーパーを壁かけカレンダーのフックに刺した。

「でも、麦田くんのやったことは無駄じゃない」

「よかったです。一部でも採用してもらえれば、それで——」

「いや、一部じゃない」

「全部？」やったぁ。

「うん、全部、逆をやればいいのさ」

「……はい？」

真壁さんが手の甲で壁のペーパーを叩《たた》く。

「あのさ、ネットに載ってることって、みんなが知ってることでしょ。世の中には情報があふれていて、誰もがそれを自由に取捨選択できる、なあんてこと言ってるけど、案外みんな、同じ情報ばっかり見てるんだよ。スマホのＧｏｏｇｌｅニュースとかね。つまりネットに書いてあることは、誰もが知ってること、意外性がなにもない。だからみんなを驚かせるには、これの逆をやらなくちゃだめだ」

真壁さんが座卓の前に戻る。白紙の絵コンテ用紙に何か書きつけるのかと思っていたら、二個目のたいやきを取っただけだった。

「妙な演出はしない。わびすけのスコ座りだけで勝負——いや、それだとシンプルすぎるか……ねえ、キャットフードは缶詰タイプ？」

ぼくはいつものキャットフードを見せた。

「これじゃない。缶切りできこきこするやつがいいな」

キャットフードじゃなくていい。サバ缶とか、ラベルに魚の絵がどーんと描いてあるやつがいいな。できればちょっとレトロな感じ。真壁さんは口頭で小道具のイメージだけ伝えてくる。

「見つけてきます」

スーパーやコンビニをはしごして、真壁さんの厳しい注文に応えられそうな品々をようやく探し出した。家に戻ったぼくは、声を出さずに悲鳴をあげた。

押入れに隠しておいた、ラプタサウルスが、外に出されている。

「ごめん。なんかないか探してたら、わびすけが押入れを開けたから、つい中を覗《のぞ》いてしまって」

なにより恐ろしいのは、ふだんでも押入れの奥にしまってある元アイドルのヌード写真集を発見されたことだ。しかも真壁さんはその写真集を開いているところだった。頭の中が凍りついて雪景色になった。越冬燕《えっとうつばめ》がひゅるりららと囀《さえず》り、力の抜けた手からエコバッグが滑り落ちた。

真壁さんはわびすけを膝に乗せ、かたわらに開いた写真集に目を向けたままいう。

「良い尻だ。なかなかいい趣味してる」

「……どうも」

「この子、私に似てない？　同じショートヘアなだけか」

「そうですか」似てるはずだ。真壁さんに似ているから、その写真集を買ったのだ。

「麦田くん、ギター弾くんだ」

真壁さんの興味が、押入れの奥で埃《ほこり》をかぶっているアコースティックギターに移ってくれた。

「少々ですが」その隙《すき》に手早く写真集を回収し、表紙を裏にして押入れに戻す。弾いていたのはぼくというより父親だ。ギターは父親の形見だった。

よしっ、やるかあ。真壁さんが膝の上のわびすけを抱き上げると、毛ばたきみたいなしっぽをくねくねさせて、小猫じみた声で「みやあ」と鳴いた。窓からは午後のまぶしい日射しが差しこんでいるのに、今日もわびすけの瞳孔はまんまるだ。

撮影はＣＭやＰＶの制作に比べたら、あきれるほど簡単だ。スマホを三脚の上に載せるだけ。スマホで見る画像だから、下手にいいカメラは使わないほうがいい、と真壁さんは言う。照明もぼくの部屋のスタンド。レフ板だけが、真壁さんが持ち込んだプロ用だ。

「よーい、アクション！」

『わびすけ劇場』と名づけた配信の第一回は、こんな内容だ。

灰色のタイル模様のシートの上に、わびすけがスコ座りをしている。思惑どおりのポーズをしてくれるかどうか心配だったのだが、なぜか真壁さんにあっさり懐いたわびすけは、おとなしく抱かれて、置物みたいに座った。腕組みのように前足を交差させるのも、しっぽの位置の調節もされるがまま。ちっちゃな人が着ぐるみを着ているみたいに素直だった。

わびすけが、顔をうつむかせた瞬間に、撮影スタート。

ぼくがギターを掻《か》き鳴らす。唄《うた》も歌う。「ゆず」の『栄光の架橋』だ。めちゃくちゃ下手だが、それでいいと真壁さんは言う。「路上ライブを始めたばかりの音痴な青年、のイメージだよ」なんだそりゃ。

伏目がちにスコ座りを続けるわびすけの前には、缶切りで開けたギザギザの蓋《ふた》付きのシャケ缶。中身は空にして、かわりに百円玉が一枚入っているのが見える。

これだけ。

「これで、いいんですかね」

「うん、わびすけのスコ座りは国宝級だからね。当面はこれ一本で勝負」

再生してみる。うつむき加減のわびすけは、「眉毛」も情けないハの字形になって、酔っぱらって路上にへたりこむおっさんにしか見えない。

「空き缶がミソだ。見てると、お金を投げたくなるでしょ。名づけて『物乞い動画』」

すぐに次の『わびすけ劇場』の打ち合わせに入る。

「そういえば、寿司桶《すしおけ》はある？　ほら、お寿司のしゃりをつくる時の、おひつ」

「用意します。でも、何に使うんですか？」

「あそこにわびすけを座らせたら、行水みたいになるかなあって」

「なるほど。そういえば、風呂を嫌がらないんですよ、わびすけは。水の中に入ってもぜんぜん平気」

「おお、それはすごい。じゃあ、ほんとうの水を使おう。インパクト大だよ。時節柄、入浴シーンがNGじゃないか、わびすけに確認したほうがいい？　インティマシー・コーディネーター、つけよか？」

「だいじょうぶだと思います。雄ですし」

スコ座りに疲れたのか、ふつうの猫っぽく丸くなっていたわびすけの横腹を真壁さんが撫《な》でると、目を細め、返事をするように鳴いた。

「アヒル隊長も浮かべましょう」

「いいね。じゃあ、また明日、来るから」

「え、明日？」

「うん、最初のうちはどんどん畳みかけていこう。あ、明日、予定とかあるの？」

いや、予定なんかない。あってもキャンセルする。真壁さんにも日曜の予定がないことを、ぼくは暗ぁく喜んだ。


三本目は、わびすけが映画館の椅子《いす》に座っているイメージで撮影した。椅子は赤い布をかぶせたブックエンド。わびすけが実際に座っているのはテレビの前で、その光が淡くスコ座りを照らしている。ＢＧＭは映画『ニュー・シネマ・パラダイス』のテーマ。実際のテレビ画面には、水族館の映像を流しているのだが、画面（スクリーン）を見つめるわびすけは、目がまんまるで、潤《うる》んでいて、泣いているようにも見える。

手前にアウトフォーカスで映っているのは、ワイングラスだ。ほとんど静止している動画の最後の瞬間、グラスの中にリラだった頃のイタリアのコインが落ちる。チャリーン、という音のかわりにわびすけが鳴く。「にゃん」

イタリアのコインは、こだわりの巨匠真壁の鬼命令で、ネットを検索しまくって手に入れた。


「猫用のネクタイを用意して」

「そんなのあるんですか」

「ある、はず。もしなければ、つくる。あと、麦田くん、電車のシートと吊り革のミニチュアをつくってくれない」

「よけいな演出はしないんじゃなかったんですか」

「いや、まあ、いろいろトライしてみるのも、悪くないかと。麦田くん、大道具づくり、うまいし。小道具か」


真壁さんはちょっと焦っている。ぼくもだ。配信を始めて一か月が経つが、『わびすけ劇場』は伸びていない。登録者数は2600人。開始当初とほとんど変わっていなかった。この一か月の再生回数は、1万弱。たぶんもともとの真壁麻里乃のファンが視聴しているケースがほとんどだろう。

平日の夜五日間を費やして、わびすけ用の小さなセットをつくり、次の週末の撮影に臨んだが、その日にかぎって、わびすけがスコ座りをしてくれない。ぼくのつくった電車のシートの座り心地が悪いのだろうか。石膏の上にふかふかのフェルトを貼りつけたんだけど。

「麦田くん、少し、時間を置こうか」

「休憩します？」

「いや、今日のことじゃなくて」

もうやめよう、気まぐれな真壁さんがそう言い出す気がしてぼくは怖かった。わびすけが繋《つな》いでくれているだけの、二人の接点が消えてしまう。

わびすけが顔を上げた。目を細めてから、また丸い目に戻って、ぼくを見つめてくる。まるで「がんばれよ」と言っているふうに見えた。猫に励まされて、黙っているわけにはいかない。

「あきらめたら、そこでエンドロールですよ。もう少し、やりましょうよ」

真壁さんが何か言いかけた時、わびすけがすくっと立ち上がった。二本の足で立ち、手芸用の木製リングと布製のキーホルダーでつくった、ミニチュアの電車の吊り革をつかんだ。

「　」

「　」

ぼくと真壁さんは同時に声にならない声をあげた。わびすけのこんな姿を見るのは初めてだった。猫というよりミーアキャット、いや、ひどく胴長なおっさんみたいだ。

真壁さんが三脚を片手で握ったまま、撮影を開始する。

「いける。そのままそのまま。いいよいいよ、イケメンだよ～お父さんもイケメン？」


スコ座り、からの、二本足立ち。『わびすけ劇場　終電ですよ篇』はいままでにない再生回数を記録した。これがきっかけになったのか、それまでのスコ座り動画も伸びていった。右肩上がりに——いや、右肩が脱臼《だっきゅう》するほど急激に上昇しはじめた。なにより投げ銭の売り上げが激増した。配信二か月目の収益は、五十万を超える勢いだ。

わびすけ劇場第二幕が、こうして幕を開けた。『わびすけ二本足立ち』シリーズだ。

スコ座りから、ふいに立ち上がるだけじゃない。何歩か歩いたり、立ったまま振り向いたり、わびすけは、ぼくらに受けていることがわかっているみたいに、さまざまなポーズを取ってみせる。真壁さん曰《いわ》く、「このコには役者魂がある」。

●

すべて順調だった。三か月目までは。

だが、ある日を境に勢いが止まった。再生回数は伸びているものの、グッドボタンを押してくれる人が減り、低評価が増えてきた。理由はわかっていた。コメント欄に、こんな言葉が並ぶようになったのだ。

『スコ座りは残酷』

『猫を虐待して金稼ぎかよ』

『スコティッシュフォールドのスコ座りは、悪しき品種改良の結果だと知らないようだ』

スコティッシュフォールドは、無理な交配から生み出されたため、軟骨に異常がある個体が多い。スコ座りは、そうした骨の悪いスコティッシュフォールドが、その苦痛から逃れるために取るポーズ。つまり、そういうことらしい。

二本足立ちにもアンチコメントが浴びせられた。

『スコティッシュフォールドを強制的に二本足で立たせるのは、どうかと思う』

『骨の弱いスコちゃんたちは、周囲を警戒する時にジャンプができないから、しかたなく二本足勃《だ》ちで警戒体制を取るのですよ（原文ママ）』

誰かの批判が新しい批判を生む。一度、流れができたら、狭いコミュニティ内の意見は、一方向にしか動かない。そのほうが逆流を泳ぐより楽だからだ。

「まあ、来るよね」

真壁さんが肩をすくめる。

「最初から知ってたんですか」

「うん、麦田くんだって、知らなかったわけじゃないでしょ」

頷《うなず》くしかなかった。『スコ座り』を検索すれば、もれなく『かわいそう』という関連語が候補として出てくる。でもこれは、わびすけのことじゃない、と勝手に判断していた。わびすけは確かに動きが鈍いが、どこも苦しそうじゃない。怠惰《たいだ》なだけだと思っていた。

コメント欄をチェックしながら真壁さんが言う。

「そう言いながら、見てるやつが多いんだな」

「もうやめましょう」流れがアンチに傾きすぎている。

「スポーツ選手は多少の怪我《けが》なら試合に出るぞ」

「そういうことじゃなくて」

「心配なのは、わびすけの体じゃなくて、他人の批判だろ」

違う、と言えなくて黙ってしまったぼくに、真壁さんの言葉のマシンガンが炸裂《さくれつ》する。

「こんなの、叩くのがトレンドだから乗っかってるだけだ。スコティッシュフォールドだけじゃない。マンチカンの足の短さだって奇形だ。スフィンクスは猫なのに毛がない。犬はもっとひどい。知ってるか、ブルドッグは頭が大きくなりすぎて帝王切開で出産するんだ。パグがいびきをかくのは鼻がぺちゃんこになるように交配させられたからだ。ダックスフントの胴長も、豆柴が小さいのも、自然の摂理じゃない。人間がそうさせたんだ——」

スコ座り批判は、真壁さんの怒りのツボを押してしまったようだ。

「どうすればいいと？」

「動物愛護とか、命を大切になんて言う前に、もっといい方法があるよ」

頷いただけで、先を促した。

「飼わないことだ。食用以外の目的で動物を飼うから、動物も喜んでる、ペットも幸せだ、なんて身勝手な妄想をするんだ。どんなに過酷な環境だろうと、人間と一緒に暮らさないことが動物の幸せなんだよ」

もっと言いたいことがあったんだろうけど、真壁さんは後の言葉を呑み込むように黙りこんでしまった。終わったな。これでもう真壁さんと一緒に動画をつくることはない。そう思うと悲しかった。

「確かに人間の身勝手かもしれないけど、ぼくにはもう、わびすけを手放せません」

「麦田くんは、もう飼ってしまったんだから、わびすけを最後まで飼ってやればいいよ」

　壁ぎわでスコ座りをしていたわびすけが立ち上がった。ぼくら二人の姿を見て、今日も動画を撮るのだと思って、そうしたのかもしれない。

　呆然《ぼうぜん》とたたずむように二本の足で立ち、まんまるの目でぼくと真壁さんを交互に見て、首をかしげるようなしぐさをした。

　力尽きたようにしゃがみこんだ、かに見えた次の瞬間、縮めた体をバネにして、ジャンプした。

　ぼくと真壁さんはお互いの顔を見つめ合った。

　ジャンプ、できるじゃないか。それもとんでもなく高く。

　もう一度、ジャンプ。

　今度は空中でくるりと一回転。信じられない。

　真壁さんがスマホを構えるのと同時に、ぼくは三脚をセットした。

わびすけ劇場Ⅲは、『わびすけジャンプ』シリーズ。

わびすけは動けるデブだった。

ただジャンプするだけでなく、空中で前転もバック転もできる。動画では、ミニチュアのバスケットボールとリングでアリウープもかました。視聴者にいちばん受けたのは、ジャンプして前傾姿勢になる『スキージャンプ・原田雅彦《はらだまさひこ》篇』だ。

「スコ座り」への批判も急速に減った。骨の悪い猫がこんなにジャンプできるわけがない。『二本足立ち』はジャンプができないスコティッシュフォールドの哀しい習性』というアンチコメが次々と削除されていった。無理をしてやっているのではないかと、医者に連れて行ったが、骨も体のほかのどこもまるで異常なし。肥満以外は。

配信の収益は、トータルで百万円を超えた。

●

きょうもぼくの部屋に来た真壁さんに、夕食につくったオムライスを誉められた。

撮影も打ち合わせもいつもぼくの狭い部屋で行なわれる。2DKの真壁さんの家には一度行ったきりだ。わびすけがいるから当然ではあるのだけれど、それだけでなく、ぼくの夕飯がめあてのような気もする。アパートの大家さんには、猫を飼っていることがバレて、いい顔をされていなかったのだが、真壁さんが出入りするようになってからは、態度がころりと変わった。真壁さんが大家のじいちゃんに、ぼくと二人きりの時とはまるで別人の可愛らしい声で挨拶をするからだ。

「麦田くんは料理上手だね。いい奥さんになれるよ」

料理はレストランでバイトしていた時に覚えた。外食はぼくには贅沢《ぜいたく》なことだから、ずっと自炊していたし。

「どうも。後半の言葉はぜんぜんうれしくないです」

「私の奥さんにならないかい」

それはちょっと嬉しい。冗談にしても。夫に、と言ってくれたら、空も飛ぶ。唇についたケチャップを色っぽく舐めとって、真壁さんが言った。

「そろそろわびすけ劇場Ⅳに移ったほうがいいかもしれないね」

「え、Ⅲはまだ好調じゃないですか」

「あれは一発芸だからな。たぶんいまがピークだ。あとは――」と片手で下降線を描く。

「芸人じゃないんですから、そう都合よく芸が出てきたりしませんよ」

「いいや、彼の潜在能力は、まだこんなもんじゃない。まだまだ何かを隠し持ってる気がする。一緒にいて、わびすけの意外な一面とか気づかない？」

「意外な一面ねえ」

真壁さんの意外な一面なら気づいている。『フランダースの犬』の最終回で大泣きするとか。料理はしないが、掃除にはうるさいとか。

「どう、わびすけ？　何か新しいチャレンジをしてみる？」

ぼくとしたことが、つい妙なことをしてしまった。わびすけに話しかけたって答えるわけがない。動物を擬人化するのは、人間の悪い癖《くせ》だ。

肉球を舐めていたわびすけが短く鳴いた。

「いいにゃ」

真壁さんの顔がはにわになった。「いま、喋《しゃべ》らなかった？」

「ああ、ときどきこんなふうに低く唸るんですよ。けっこうおっさんくさくて、笑えるでしょ」

「え――、面白い」

真壁さんが幼稚園児みたいに無邪気に目を輝かせて、天使のような微笑《ほほえ》みを浮かべる。でもこれは、何か良からぬことを考えている時の表情なんだ。

「ぐふ。麦田くん、これは、いけまっせ」

「ど、どうしたんですか、急に」関西弁で。

「人間語を喋る猫、だよ。わびすけに喋らせよう、さっきの人間の言葉みたいなやつ」

「そんなにうまく喋ってくれますかね」

「逆だよ。わびすけが何か面白い声を出したら、それに合わせたツッコミとかボケの言葉をあとから挿入する」

「なんか、いかさまっぽいな」

「儲けなくてどないするんや」

「真壁さん、関西弁、変だよ」ネイティブの人に怒られるレベル。

「ヒマラヤンはチャウチャウちゃうで」

二人でわびすけを見つめていると、わびすけは照れたように目を伏せる。

「にゃあんだよぉぉぉ」

確かにそう言った、気がした。

「にゃあああんだ、おみぁぁぁはよぉ」

真壁さんとハイタッチした。

天才だ。

できあがったのは、こんな動画だ。
わびすけが座っている。スコ座りではなく、四本の足を体の下に折り畳む香箱座《こうばこ》
りというやつ。真壁さんは、スコ座りを続けよう、なんだったら獣医の診断書もイ
ンサートする、と徹底抗戦の姿勢を崩さなかったのだが、真壁さんほど人生に気合
の入っていないぼくは、飼い主の権限で止めた。わびすけは健康だとしても、スコ
座りがスコティッシュフォールドの哀しい習性であることに変わりはない。
　眠そうなわびすけの姿に、ぼくの声がかぶさる。
「ご夕食は、何にいたしましょう」
「にゃあにぎゃあぁ」
　そのまんまじゃ普通に鳴いているように聞こえてしまうだろうから、真壁さんが
デザイン文字でテロップを入れた。
『なにがある？』
　テロップが入っただけで、とたんにそうとしか聞こえなくなるから、不思議だ。
ぼくが慇懃《いんぎん》な執事（本物を見たことはないのだけれど）風の声を出す。
「七面鳥のフィレをご用意いたしました」
「いやにゃ～」
「まぐろと舌平目のゼリー仕立てはいかがでしょう」

「そりぇにゃ」

バズるというのは、こういうことだったのか、『わびすけ劇場Ⅳ・喋る猫』シリーズの人気は、ジャンプシリーズの比じゃなかった。ネットではわびすけの喋りが『わびすけ語』と名づけられた。日本語がわからないはずの海外からも投げ銭が飛んでくる。キャットフードの会社からタイアップの話が舞い込んだが、真壁さんが断った。「これは私らの自主制作映画だから、企業に魂は売らない」

ぼくは借金を返してもまだ余る金額を手にした。真壁さんも目標達成間近だ。

「もう少しで、足りそうだ」ある時、そう言った。

「何に足りるの？」

「映画だよ」

初めての長篇映画をつくるのが真壁さんの目標だった。ユーチューブは、その制作費を稼ぐため。スタッフや俳優は知り合いにお友だち報酬で参加してもらうにしても、三百万以上は必要で、それにはあともうひと息なのだそうだ。「麦田くんには助監督助手を頼むよ」と真壁さんは言ってくれるけれど、助監督の助手って、どんな仕事をするんだろう。

今日も動画の撮影を始めたが、『喋る猫』シリーズは、基本、わびすけの「言葉待ち」だ。ぼくの（ときどき真壁さんの）声は、アフレコで入れるが、ぼくが話しかけたほうが、返事をするように鳴くから、カメラが回り始めたら、とにかく声をかけまくる。

「わーびちゃん、元気かーい」

「撮影が終わったら、なに食べたい？」

でも、今日のわびすけはなかなか口を開いてくれない。寝ころがって前足を舐めはじめてしまった。折れ耳がイカ耳になっている。

「おーい、わびすけ、どうした」

両方の前足で、おしぼりを使うおっさんみたいに顔をごしごしこすりながら、ようやく鳴いた。

「にゅきゃれにゃ〜」

わびすけ語に耳が慣れたぼくには、「疲れた」と聞こえた。

●

スコ座りや二本足立ちでも、ジャンプの時だって、疲れを見せなかったのに、このところのわびすけは、元気がない。もしかしたら、わびすけにとって人の言葉を喋る――ように鳴く――のは、体を使うより消耗するのかもしれない。

ほんのふた言三言、わびすけ語を喋っただけで、へそ天で眠りこんでしまう。あるいは寝床にしている籐籠に入ったまま出てこなくなる。動物病院に連れて行ったが、かかりつけの医師も首をひねるだけだ。

撮影もないのに、ぼくの家に夕食を食べに来た真壁さんに言った。

「ねえ、真壁さん、そろそろわびすけを引退させてやりたいんです」

すきやきの卵をかきまわしていた真壁さんが箸《はし》を止めた。「なぜ」

「どこかへ行こうとしている気がするんです」

「どこへ」

真壁さんは不思議そうな顔をしたけれど、とくに反対はしなかった。心はもうユーチューブではなく映画に飛んでいるのだろう。

ぼくにはもうわかっていた。

わびすけが、なぜ骨に異常がないのに、スコ座りをしていたのか。真壁さんとの共同作業がついえそうになった時、ぼくらの仲を取り持つようにジャンプをして見せたのは、どうしてか。なぜ人間の言葉のように鳴けるのか。どうして風呂を嫌がらないのか。真壁さんが初めて家に来た時に、押入れを開けたのは、ほんとうは誰だったのか。

わびすけは、〝侘助〟。花の名前だ。偶然かもしれないが、花言葉は「慰めてあげる」。

今度はぼくがわびすけを慰める番だ。

●

スコティッシュフォールドが短命だというのは、本当なのだろうか。わびすけはいったい何歳なんだろう。年齢不詳のわびすけは日に日に弱っていくように見えた。大好きだったまぐろと舌平目のキャットフードもあまり食べなくなった。毛皮があるから昔どおり太って見えるが、抱き上げるとずいぶん軽くなっているのがわかる。風呂に入れて、毛が体に張りついたら一目瞭然《りょうぜん》。まるでちっちゃなドーベルマンだ。その毛も抜け毛が多くなった。

その日、風呂上がりのわびすけにドライヤーをかけていたら、急にスコ座りを始めた。いまさっきぼくがスマホを手に取って、そこから真壁さんの声が流れてきたから、撮影が始まると勘違いしたのかもしれない。

「わびすけ、いいんだよ、もういいんだ」

動画はもうずいぶん長いあいだ撮っていない。『わびすけ語』を収録しようとしても、途中でぜーぜーという苦しげな呼吸音に変わってしまう。ジャンプもしなくなった。できなくなったのだと思う。二本足立ちでさえ、立ったとたん、軟体動物みたいにくずおれてしまうのだから。

ドライヤーの微風に身をまかせて、気持ち良さそうに目を細めていたわびすけが、突然、声をあげた。

「すみゃにゃーにゃぁ」

すまないのは、ぼくのほうだよ。ありがとう。ほんとうに。

ぼくは、灰色の毛皮をまとった、ちっちゃなおっさんに声をかける。

「叔父さんだよね」

ずっと気づいていなかったが、丸い顔や突き出たお腹がよく似ている。下がり気味の眉毛も。温泉が好きだったよね。熱い湯も平気。好きな寿司ネタは、まぐろの赤身とヒラメのえんがわだったっけ。

「もういいんだ。ぼくはもう、だいじょうぶだから」

〝がんばったって、誉めてくれる人がぼくにはいない〟

〝誰も悲しまないから、いつ死んだっていいんだ〟

猫しか聞いていないと思って、そんな愚痴をこぼしたりはもうしないから。

わびすけが薄目を開けてこっちを見た。ロシア文字の「З」みたいなひげ袋の両端がつりあがる。そんなことがあるはずないのに、猫なのに、笑ったような気がした。

その日以来、わびすけはスコ座りをしなくなり、人間じみた声も出さなくなった。

●

「急に普通の猫になっちゃったんですよ」

真壁さんは、ふうーんと、ベッドの上で寝返りを打つ。ブランケットが滑り落ちて、かたちのいいお尻が剝《む》き出しになった。写真集の元アイドルよりだんぜんセクシー。

「まあしかたない。コースケは、スコティッシュテリアもスコ座りするって知ってた？　どこかにいないかな、スコティッシュテリア」

「そろそろ映画制作、スタートしなくていいんですか」

真壁さんが書いた脚本を読ませてもらった。二回泣いた。

「そうだよね。やらなくらゃ、と思いつつ。妙な成功体験をしてしまったからな。たった何十秒かの撮影で何百万も儲かる。かたや何百万も借金して、二時間の映像をつくる。なんだか割り切れなくない？　もう少し、資金貯めてからにしようかな」

「えーっ、俺の助監督助手はどうなるの？」

じゃあ、結婚資金でも貯めようか、とぼくが冗談めかした本気を口にする前に、真壁さんが尋ねてきた。

「ねえ、わびすけは」

「風呂場にいるけど」もう中に叔父さんはいないはずだが、真壁さんとのこういう時には気恥ずかしくて、席をはずしてもらうことにしている。

「なんか声が聞こえるね」

「うん」

わびすけが鳴いている。ふつうの猫の声で。

ん？

「あれって」

「もしかして」

ぼくたちはベッドから跳ね起きた。

その鳴き声は、メロディを奏でていた。

「にゃにゃにゃにゃにゃ　にゃにゃにゃにゃ～」

どう聞いても、サウンド・オブ・ミュージックの『ド・レ・ミの歌』だ。

石田祥

# ツレ猫婚

石田祥（いしだ・しょう）

1975年、京都府生まれ。高校卒業後、金融会社に入社し、のちに通信会社勤務の傍ら小説の執筆を始める。2014年、第9回日本ラブストーリー大賞を受賞した『トマトの先生』でデビュー。『猫を処方いたします。』が第11回京都本大賞、第13回うつのみや大賞文庫部門を受賞する。他の著書に、「猫を処方いたします。」「ドッグカフェ・ワンノアール」の各シリーズのほか、『元カレの猫を、預かりまして。』『夜は不思議などうぶつえん』『火星より。応答せよ、妹』がある。

わけじゃない。

七緒《なお》ちゃんにぴったりの男性がいるのよ、なんていう甘い言葉、本気にしていた

それでも、古臭いからと避けていた紹介話を受けたのは、マッチングアプリの適合数が激減したからだ。出会いは手軽なネットが当たり前。今までの彼氏もほとんどアプリで知り合ったし、そろそろ本腰を上げてマッチングで相手を探そうかな、なんて呑気《のんき》に構えていたら、時計が十二時の針を指したと同時に、私は三十代前半の枠から放り出されたらしい。

世の中、露骨だ。

そんな時に舞い込んできたのが、誰の基準か、私にぴったりの男性。

叔母《おば》の知人の会計事務所に勤める加納克己《かのうかつき》さん。年齢、三十九歳。職業、会計士。バツはなし。次男。一人暮らし。

条件を聞くと意外に優良。いや、かなり優良。

だからこそ期待しない。うまい話がそうそう転がっているわけがない。

でも、会社の定例会議が長引いたからって、地味なビジネススーツのまま待ち合わせの喫茶店へ来たのは失敗だった。相手が同じダークグレーのスーツなのはたまたまだが、硬い表情で向かい合って座る私たちは、周りからどう見えるのだろう。

きっと誰も、婚活中だとは思うまい。

「広田《ひろた》さんは」と、加納さんは律儀に自分のターンを守るタイプらしい。「精密機器メーカーにお勤めだそうですね」

「はい。内勤で、外注担当をしています」

「そうですか」

さっきからずっとこの調子。一問一答。お互い、淡々と釣書《つりがき》の内容を確認し合うような会話が続く。

丁寧な言葉遣い、コーヒーの飲み方、爪や服装の清潔度。それにお決まりの黒縁《くろぶち》メガネ。相手の加納さんは全体を通じて、これぞ公認会計士といった真面目《まじめ》な印象。ビジネスなら、有能そうで安心できる。

だけど、もう少し愛想があってもいいいんじゃない？

彼があまりにも無表情なので、最初は笑顔でいようと努めていた私も、無理に笑うのはやめた。何を聞いても短い返事。広がらない、というより広げるつもりがないんだと、抑揚《よくよう》のなさでわかる。

上司に勧められて、嫌々来たのか。それとも、会ってみて落胆したのか。

こっちだって、趣味も休日の過ごし方も、学生時代の部活動も聞き終えて、彼が持つどの引き出しにも興味が湧かない。堅実な職業に釣られてやってきた自分に、げんなりしてしまう。

「加納さんは」

「はい」

「……」

言ったあとで、続かなくなった。こっちのターンなのにもう何も質問がない。叔母から聞きかじった情報くらいだ。

「ええと、お若いのに、とても優秀な会計士さんだと叔母が言っていました」

「いいえ」加納さんがメガネの縁を指先で上げた。「もう四十前です。若くはありません。広田さんからすれば、おじさんでしょう」

「そんなことは」どう返すべきか、束の間、言葉に迷う。「ありませんよ。私だってもう三十五歳で、若くないですから」

これも失敗。面倒なパスを投げてしまった。肯定も否定もしづらいし、女側からの『若くない』は、返しが難しいだろう。

だが加納さんは肯定も否定もせずに、無表情のまま目を逸《そ》らせた。

「後半突入、ですね」

そして、静かな動きでコーヒーを飲んだ。沈黙の中、私もコーヒーを飲む。

——他に言うこと、なかったんだろうな。

どうもこの人とは波長が合わない。条件はいいし、少し陰気だけど見た目も普通だ。でも共通点が見当たらず、話が続かない。それってけっこう致命的かも。

今更だが、ちょっと遅かったのかなと思ってしまう。婚活。やり甲斐《がい》のあるいい職場で、気付けばあっという間に三十代。役職に就いたら、忙しくて実家を出る余裕もなかった。とりあえずのアプリ活用で自分を安心させていたけど、後半突入のあとに見えてきた現実は、思った以上に厳しい。

加納さんは義務と礼儀は果たしたといったふうに伝票を取った。

「では、そろそろ」

「はい」

自分の分は払いますなんて、レジ前で揉《も》めるつもりはない。支払いをする彼の後ろに黙って立つ。ちゃんとお礼を言って、ここでお別れだ。何も生まれない出会いだったけど、来なければ後悔しただろう。次に紹介話があれば、グレーのスーツはやめておこう。服装だけでも前向きさを示すべきだ。

加納さんの財布からヒラリと小さな紙が落ちた。何かのカードだ。向こうよりも、私が先に拾う。

「ああ、失礼」

加納さんは無表情でカードを受け取った。そつなく、仕舞う。

だが私は一瞬で理解した。

「それ、駅前のビルにある猫カフェのポイントカードですよね」

「え?」と、加納さんの眉間に皺《しわ》が寄った。

ポイントカード。

訪れた客に店側が配布し、一回につき一つ、支払い時にハンコが押される。カードには横八列、縦三行の合計二十四の枠があり、全部が埋まれば千円券として使える。

彼のそのカードには、あと四つで満杯になるだけのハンコが押されていた。つまり、二十回は来店したということだ。

「広田さんも行かれたことがあるんですか?」

加納さんの眉間には、怪訝《けげん》の色が浮かんでいる。まるで二十個のハンコの意味が本当にわかっているのか、疑っているようだ。

「ええ、まあ。何度か」

私のカードはまだ、上段一列が埋まっていない程度だ。

「へえ」と、加納さんはどこか様子見な感じだ。「猫がお好きで?」

「はい。飼ってますので」

「ほう」と、今度は明らかに興味を示す。「飼っているのに、猫カフェへ?」

その言い方にちょっとカチンときた。ムッとした表情で言い返す。

「それとこれとは、別ですから」

「なるほどね」

会ってから初めて、加納さんは笑った。笑ったというより、皮肉で頬《ほお》を上げただけにも見える。物好きですねと言われた気がした。

「あの、お客様。申し訳ありませんが」

レジのカウンターから店員が遠慮がちに言った。いつまでも店の入り口から動かない私たちに戸惑っている。加納さんは少し考えるように目線を落とすと、さっきまで座っていた席を見て、もう一度私を見た。

「時間、まだよろしいですか？」

「はい？」

「延長で」

端的に店員に告げると、躊躇《ちゅうちょ》なく、まだ片付けされていない席へと向かう。その行動の早さ。黒縁メガネの奥の眼光は強く、会計士らしい地味なスーツ。仕事はできそうだ。だが、とてもじゃないが婚活中の男性には見えない。

「七緒、その人、過去イチの好物件じゃない！」

小学校時代からの友人、佳澄《かすみ》が興奮気味に言った。

　佳澄はまだ一歳にならない明日花《あすか》を抱っこしている。私の膝には佳澄の上の子、四歳になる野々花《ののか》が座っていて、野々花が抱き締めているのは、うちの猫のドレミだ。

「ドレミちゃん、ドレミちゃん。髪の毛、ノノとおそろいにしてあげるね」

　野々花は自分の髪に結んでいる赤いリボン付きのヘアゴムと同じ物を、ドレミの耳に結ぼうとしている。だがうまくゴムを巻くことができないので、三角耳に引っかけているだけだ。

　佳澄は家が近所で、実家暮らしの私の部屋に子供連れでよく遊びに来る。今日も休日の午後にやってきて、ラインで軽く前振りしていた紹介話を根掘り葉掘り聞いてきた。

「動いたらダメね、ドレミちゃん。可愛《かわい》くしてあげるからね」と、野々花は顔を背けるドレミの耳を引っ張る。ドレミは慣れたもので、ある程度まで我慢している。

　だが、そろそろ嫌になったらしい。ブルブルと頭を振ってゴムを飛ばす。野々花がゴムを拾おうと手を放すと、ドレミはチャンスとばかりに逃げた。グッと身を屈め、椅子《いす》を足場にピアノの上に飛び乗る。誰も弾かなくなり、随分前に物置と化したアップライトピアノだ。

「あー、ドレミちゃん、逃げちゃダメ」

野々花がピアノの前で背伸びした。もう少しで前屋根まで手が届きそうだが、ギリギリ無理だ。ドレミは黄色の目を大きく開け、じっと野々花を見ている。黒毛に白の手足、口の片側に大きな黒のブチが混じっている。

「ねえ、七緒ってば。その会計士さんとはどうするのよ」

「うん」

私は佳澄の問いに空返事した。ドレミはピアノの上で伏せ寝するが、尻尾《しっぽ》だけは垂らしている。

黒い尻尾がユラユラと揺れ、まるでメトロノームだ。摑《つか》もうとする野々花の手をうまくかわしている。わざとおちょくっているのだ。目を閉じているのに、なぜ動きがわかるのか不思議だ。

たまらなく可愛い。動画を撮ろうとしてスマホをかざす。すると画面に佳澄が映った。

「七緒。何回、同じ動画撮る気？　さっきも撮ってたよ」

「そうだっけ」

言われてみれば、ドレミのこの動きは何度も撮った。スマホのフォルダは似たようなシーンでいっぱいだ。

「今はドレミよりも、会計士でしょ。いい条件じゃん。真面目に考えないと」

「だよねえ。こっちも、もう後半突入だからねえ」

そう言いつつ、ドレミの尻尾から目が離せない。やっぱり撮ればよかったと思う。同じシーンなんて、ひとつもない。

「とりあえず、会う約束はしたよ」

「ほんと？　やったじゃない！」佳澄は面白がっている。「いいなあ、楽しそうで。私も一度くらいは、お見合いしてみたかったな」

「お見合いなんて大げさ。ちょっとした紹介よ」

「信頼できる人からの紹介ほど、確実なものはないって。私らみたいにケチって安物のアプリ使うと、お互い、あとから実はバツイチで子供がいました、なんてことになるのよ」

「そういえば、ノボル君は？」

「サッカーの試合。今日はパパが付いていってる」

佳澄は少しぐずり始めた明日花をあやしている。

「よしよし。アーちゃん、いい子ね」

バツイチの佳澄が今の旦那《だんな》と付き合い始めた時は、ちょっと心配した。再婚目的ではなかったとはいえ野々花がいることを隠していたし、とてもノリが軽かった。

結果、すぐに妊娠。そして相手も同じ条件だとわかった時には随分と揉めたものだ。

それでもちゃんと再婚して、子供が生まれ、今では夫婦とお互いの連れ子も一緒に仲良く暮らしている。

明日花が本格的にぐずり出したので、佳澄は立ち上がって揺らした。

「その人、猫飼ってるんでしょう。かなりいいじゃない。結婚したらドレミも一緒に連れていけるし」

「ドレミも?」

「もちろん、連れてくでしょ」

「そっか。結婚したら……」

言われて初めて気が付いた。結婚して実家を出るということは、そういうことなのだ。七年前の夜、ミーミーと小さな鳴き声が聞こえて庭へ出ると、一匹の子猫が迷い込んでいた。母猫とはぐれたのか、誰かに捨てられたのかはわからない。飼うと決めたのは私だが、家族で助け合って育てた。家族の誰もがドレミを大事にしている。

「ドレミちゃんは、連れていったらダメ」

野々花が割り込んできた。私に向かって怒っている。

「ドレミちゃんはノノの猫なんだから、ずっとここにいるの」

「あのね、ノノ」と、佳澄が笑った。「ドレミは七緒ちゃんの猫なのよ。でも七緒ちゃんが会計士さんと結婚したらもっと猫が増えるから、そしたら遊びに行こうね」

「佳澄、そんなこと言ったらノノちゃんが本気にしちゃうでしょう」

「遊びに行く！」野々花はあっさりと信じている。「猫、いっぱいいるの？」

「いっぱいはいないよ。二匹飼ってるって言ってたから、ドレミと合わせて三匹……。いやいや、本気にしないで」

「やった！　三匹！　ママ、猫ちゃん三匹もいるって」

「うちと一緒じゃん。うちも子供が三匹よ。楽しみだね、ノノ」

「うん。ドレミちゃんはノノの猫で、もういっこがニイニの猫で、もういっこがアーちゃんの猫ね」

喜ぶ野々花を見て、佳澄は笑っている。三人の子供と猫の三匹は全然違う。大変さは比較にならないのに、気軽に楽しみと言える佳澄がすごいと思う。

ドレミはピアノの上で、お尻をこっちに向けている。黒地に白が混じったお尻。拾った時はガリガリだったが、今はみっちり肉付きがよくなり、大きな音符のようだ。

ドレミの白黒模様に明確な形はない。でも私の目には、楽譜に見える。澄ました顔は八分音符やト音記号、大口を開けたら、ヘ音記号。鼻頭を寄せたらフォルティシモで、たまに白目を剝《む》いて寝ている時はピアニッシモ。ドレミのお気に入りの場所だから、我が家ではもう弾かなくなったピアノも置いたままだ。

ドレミを残していく選択はない。ということは、相手が誰であれ、私も結婚する時は子連れならぬ、猫連れということだ。

三十五歳にして、ようやくリアルに結婚の条件を考えている。やっぱりちょっと、遅かったかもしれない。婚活。


会う約束はしたけれど、特に何をしようとか、どこへ行こうとか、具体的に決めていなかった。

こういうのはお行儀よくお茶して、映画を観て、ご飯を食べて、相手の情報を探っていくのが定番。映画や食事の好みにしても、お互いに絶対あり得ないなら、それって早めにわかったほうがいいと思う。

もちろん、好みが真逆だからってすぐに駄目とは決めつけない。私だってそこまで心は狭くない。

でも、登場の段階で真逆なら?

待ち合わせの改札口へ行くと、最初の日と同じくすでに加納さんがいた。時間に正確、もしくは心配性、せっかちかも。

だけどそんなのはどうだっていい。行き交う人の合間から、彼の全身が見えた。

加納さんが着ているTシャツには、人生で一度も見たことがないほど、大きく猫の顔がプリントされていた。柄とか模様とか、そんなレベルじゃない。遠目でなければ猫だとわからないほどのドアップだ。

どうして？　どうしてそれを買おうと思ったの？

どうして？　どうして今日それを着てきたの？

茫然としながら、私は彼の前に立った。間近だとド派手なデジタルっぽい絵柄に見えて、それがまた、黒縁メガネの真面目な雰囲気の彼に似合っていない。

Tシャツだけじゃない。斜めがけしているショルダーバッグにも、ジャラジャラとキーホルダーが付いている。今時、女子高生でもそこまで付けないほどの量だ。アクリルだったり羊毛フェルトだったり、金属製の高そうなものまで色々だ。

ただ統一性はある。全部が猫のモチーフ。

彼は独特な服装の件には一切触れずに、礼儀正しく挨拶《あいさつ》した。でも全然頭に入ってこない。目がチカチカする。引いて見なければわからない特大の絵画を、眼前に突き付けられている気分だ。

「広田さん？」

「え？　あ、はい。今からどこに行くって言いました？」

「猫カフェから、常連限定イベントのお知らせが来ていたでしょう。あそこのカフェも、客の心を摑むのが上手ですよね。趣向を変えて、色んな手を打ってくる」

加納さんは挑戦を楽しむように口角を上げた。行き先はポイントカードの猫カフェと決めているらしいが、私にはイベントのお知らせなど来ていない。

「あの、私……。そこまで常連ではないんですけど」

「え？　そうなんですか。それは失敬」

加納さんは問題発生とばかりに眉を寄せると、スマホで確認した。

「ああ、大丈夫ですよ。同伴者一名、参加可能だそうです。来店頻度を事前に聞いておくべきでしたね。僕の情報収集不足です」

聞くべきは、どこに行きたいかとか、何が食べたいかとか、そういうのでは？

頭の中は疑問符でいっぱいだ。当然のように猫カフェへ向かう加納さんに付いていくと、そこはやはり私の知っている店だった。

駅近くのビルの一室で、大きな窓から日差しが入って開放的。清潔で、匂いも籠っていない。いい猫カフェは、猫が幸せそうだ。目ヤニも出てないし、瞳が曇っていない。店員が無理やり猫を抱っこして連れてくることもない。

店の前には『五周年記念、常連様限定イベント』のプレートが掲げてある。招待された客だけが入店できる特別な日だ。

入ると、そこには十四ほどの猫がいて、自由にしている。高い棚の上やソファで寝ている子、毛繕いをしている子、日当たりの良い窓辺では、丸くなった猫たちがぴったりくっついている。

いつもは時間があればフリータイム、なければ一時間枠で、エサやオモチャに追加料金を払って猫の気を引く。混み合っている場合は、眺めているだけの日もある。

店内は基本、静かだ。優しい音楽が流れている。走り回ったり喧嘩《けんか》をしたりする猫がほとんどいないのは、相性が悪い子の時間をずらすなど、店側の工夫だろう。

見回すと、さすが常連限定イベント。加納さんと張り合うくらい、全身を猫柄でコーディネートしている人や、肩に猫のぬいぐるみを載せた人もいる。かなり強者《つわもの》ぞろいだ。加納さんのTシャツがマシに見えてくる。

「五周年、おめでとうございます」

加納さんは店員に言った。店員もいつもと違い、猫の被り物をしている。今日はアイドルでいうガチのファンミに近いらしい。

「いつもご来店ありがとうございます。今日は猫のおやつタイムに写真をお撮りいただけるイベントです」

それを聞いて私は驚いた。通常、店の猫に触れてはいけない。向こうからすり寄ったり、膝に乗ってくるのは構わないが、こちらから抱っこするのや撫《な》でるのは禁止だ。しかも食事中は少し距離を取らなくてはいけない。

「あの、猫と一緒に写真を撮ってもいいんですか？」

「はい。猫がおやつを食べている間、後ろに並んでください。店の者が撮らせていただきますので」

あ、そういうのか。同じ空間に写り込むっていうだけね。

私は苦笑いして、加納さんに言った。

「びっくりしました。エサをあげられるか、近寄れるのかと思いました」

「それは駄目でしょう。猫のパーソナルスペースが守られない」

「ですよね。うちのドレミも、知らない人は全然駄目です。慣れると逆にとても我慢強いんですけど。友達の子供にも気長に付き合ってくれますし」

「ほう、それはすごい。うちの式部《しきぶ》と紫《むらさき》は無理ですね。病院以外、よそとの接触はゼロです」

式部と紫が加納さんの猫の名前だ。聞いた時は、とても風流だと思った。

写真も見せてもらった。式部はブリティッシュ・ショートヘア。灰色の毛がギュッと詰まった大きな猫で、外国の絵本に出てきそうな古めかしい顔付きだ。紫はソマリ。耳が長くて大きくて、ライオンのたてがみのような褐色《かっしょく》の被毛をしている。

猫ならどんな猫も好きだ。毛の長い子も大きい子も、耳が垂れている子もみんな可愛い。猫種や特徴には詳しくない。ソマリっていうのも初めて知った。種類に興味がないのは、ドレミが雑種でどこにも区分されないからだ。私にとってはどんな種類も全部が猫で、その中でもドレミはドレミ。

全部の猫が好きだけど、一番はうちの子。

きっと猫飼いは、誰もがそう。

でも今、加納さんの話を聞いていると、同じ猫好きにも色んな人がいるんだなと思う。

「ココア君のようなマンチカンは、足が短いので、その分、体を支える負担が大きくなるんです。だから太らせないための注意が必要です。でも筋肉は他の猫に劣《おと》らず発達しています。それを維持するための食事が大切です」

加納さんはやたら知識が豊富で、猫カフェにいる子の特徴を長々と語っている。私は猫を眺めているだけで楽しいが、彼は猫を追求することに楽しさを見出すタイプらしい。凝り性なんだと思った。

「詳しいんですね。元々動物が好きなんですか？」

「いいえ。特段好きというわけではありませんが、勉強しました。式部を飼ってから」

加納さんはメガネの縁を指で押し上げた。

「本来なら、動物を飼う前にその生態や飼育方法をよく調べるべきです。飼ったあとで知らなかったでは、済まないこともあります。でも仕事帰りに、たまたま通りがかったペットショップのガラスケースにいた式部と目が合ってしまいましてね。あれはなんというか……運命ですね」

加納さんは照れ臭そうに笑った。はにかむ顔が思春期の男子みたいだ。

「僕は中高と男子校で、大学も理系、職場も男性ばかりなので、あまり女性とは接点がないんですが、ものすごい美女に出会ったらきっとあんな感じでしょうね。まあ、式部はオスなんですけどね。何もかもがスローモーションに見える瞬間って、わかります？　振り向いた長い髪が、こんなふうにフワリとして」

手で、自分の首元にエアロン毛を表現している。

「まあ、実際の式部は短毛なんですけどね。向こうも僕を真っ直ぐに見つめてきて、まさに雷に打たれましたよ。一目惚《ぼ》れというのはあるものですね」

私、何を聞かされているんだろう。

加納さんは惚気話《のろけばなし》をするように、自分と猫との出会いを語っている。その二年後には、考えに考え、悩みに悩んだ上で、弟猫の紫を迎えたという。最初は衝動だったとしても、あとに続く行動は慎重で、先住猫を思ってのことだ。

でも、そこまで溺愛《できあい》しているのに、ポイントカードがあと数個で満杯になるくらい猫カフェに通っているのには違和感がある。まるで真面目で一本気な男性が、急に遊びに目覚めてあちこちに懸想しているようだ。

もしかして、意外と浮気性?

そんなふうに考えるのは、意地悪だろうか。

「加納さんが頻繁に猫カフェへ来られるのは、本当はもっとたくさん猫を飼いたいからですか?」

「いいえ」と、加納さんは首を横に振った。「これ以上、猫を増やすつもりはありません。ここは趣味。癒しですよ」

「癒し……。癒しは、おうちの猫じゃないんですか?」

「違いますよ。式部と紫はうちの子です」

加納さんは薄く笑った。少し、温度が下がったように感じる。最初に会った時ほどではないが、お堅い会計士の顔になる。

「僕にとって式部と紫は人生の一部です。可愛いのは当然ですが、責任があるし、あの子たち自身の幸せも考えてあげなくてはいけません。癒しや趣味とは、かけ離れています。それに僕がここへ通うのは、猫を観察する目的もあります。多くの猫を実際に目にすることは、うちの猫たちの健康や行動のバロメーターになる。ネットの動画だけでは生きた猫の目を見ることはできませんから」

「はあ」

自然と首が斜めに傾く。面倒臭い人かもしれない。猫カフェに通うのに、いちいち理由をつけすぎだと心の中で突っ込んだ。

「広田さんも、ご自宅に猫がいてもここへ来られると仰っていたので、割と感性が近いかたなのかなと思いましたが」

「いえ、私は」

特大猫プリントのTシャツを着て人生を語る加納さんとは、近くない。私はただ可愛い猫をさわりたいだけだ。

ただ、運命とか一目惚れとかという彼の感覚は、わからなくもない。庭で小さなドレミを見つけた時、私は猫ではなく、ドレミを見つけた。それまで猫を飼うなんて考えもしなかったし、身近にいなかったので、好きか嫌いかも知りようがなかった。

ドレミが家に来て、ドレミは猫だった。好きなドレミが猫なので、どんな猫も好きになった。

鼻ぺちゃな猫も、目の細い猫も可愛い。寄ってこない猫も、さわらせてくれない猫も可愛い。

「私は単に猫が好きなだけです。家に猫がいるのに、わざわざお金を払ってよその猫をさわりに行くなんて、変わってると言われますが」

「変わっていませんよ。単なる猫好きでしょう。子供がいる人が、よその子供も好きって言うのはおかしくないし、公園でよその子とも遊んであげるお父さんは、変わっていません。猫を飼っている人が、猫が好きでよその猫をさわりたいと思うのは、普通です」

「そう……でしょうか」

「ええ。そうです」

加納さんは言い切った。出会った時は寡黙《かもく》だったのに、猫のことになると饒舌《じょうぜつ》だ。

毛足の長いフワフワの猫が近寄ってきた。確かルルちゃん。ソファに座る私の足に、体をこすりつけてくる。

「たまんない。可愛い」

つい声が漏れる。だが、ギョッとした。加納さんはいつの間にかレンタル猫じゃらしを手にしている。強くもなく弱くもなく、絶妙な揺らし具合だ。ルルちゃんはあっさりと加納さんに乗り換え、スリスリしている。

私に近寄ってきた猫なのに。

私のターンなのに。

非難を込めて凝視しても、加納さんは気付きもしない。この人、夢中になると周りが見えないタイプだ。

会社から帰ったばかりでまだ化粧も落としていないのに、佳澄が家に押しかけてきた。加納さんとの進展を直接聞きたいからと、三人の子供の世話は旦那に任せてきたらしい。

「結局、有りなの？　無しなの？」

「いや、そんなのわかんないよ。だってまだ三回しか会ってないのよ」

佳澄にグイグイと詰め寄られ、私は引き気味に言った。やたらラインしてくるので適当に答えていたが、本当にそれ以上でも以下でもない。

常連限定イベントのあとにも、加納さんとは一度、会社帰りに食事へ行った。また猫Tシャツで来るかと構えていたが、その時は普通のスーツだった。だが話す内容は猫のことばかり。なので、必然的にこちらも猫の話になる。お互いの猫の写真を見せ、語り合っていた。いい病院とか、エサやサプリ、猫仕草あるある。

ためになる有意義な話はできたが、結局、本人の情報は何も追加されておらず、紹介前に伝え聞いた箇条書きだけ。一歩も先へは進んでいない。

床に座る佳澄の太腿《ふともも》のあたりに、ドレミがぴったりとくっついた。

「七緒は呑気ね。結婚を前提にした紹介でしょう？　だったら三回も会えば、有りか無しかくらい判定付くでしょう。無しだったら、ダラダラ長引かせないで次の人を紹介してもらわないと」

「それはちょっと……。駄目だからすぐ次、みたいなのは失礼なんじゃない？　紹介してくれた人の顔もあるし」

「でもマッチングアプリだってそうじゃん。スピードと決断が大事でしょう。ドレミ、暑いね。それにその会計士さん、初めはいいって思ったけど、ちょっと変わってるよね。最初のデートが猫カフェなんて。趣味を前面に押し出しすぎだよね。趣味友にならなれそうだけどさ。ドレミ、暑いよ」

「ドレミ、こっちおいで」

「いや、いいの。子供らで暑いの慣れてるし」

佳澄は常に誰かにベタベタされている。再婚相手の息子もとても懐いているので、娘の野々花と競ってくっついてくる。『暑い』と言っても子供は遠慮せず、汗だくで絡みついてくる。

猫もそうだ。暑いのにくっついてくる。向こうのペースで、向こうの好きなようにする。そういう自由さは子供と同じだ。佳澄はドレミの背中を撫でている。

「趣味で盛り上がるとさ、楽しいから他のことを見落としがちになるでしょう。ちゃんと将来の話した？　お金とか家とか、子供のこととか。真面目な出会いなんだから、聞くこと聞かなきゃ」

ドキリとした。加納さんとは、猫の話だけが弾んだ。共通の話をするほうが楽だ。会話は途切れないし、ネタを探さなくてもいい。

部屋のドアがノックされた。母親が顔を出す。

「七緒、叔母さんから電話よ。七緒と喋りたいって」

「お。探りがきたわね」と、佳澄はニヤリとし、母親も頷《うなず》いている。

なんだか気恥ずかしくなる。固定電話は居間にしかおいていない。スマホにかけてくれたらいいのにと思ったが、たぶん、散々母親と長話したあとに受話器が回ってきたのだろう。チラリと目を向けると、佳澄が早く行けと顔で語りかけてくる。私がいない間に、幼馴染《おさななじみ》と母親は何を話すのだろう。

絶対、二人とも面白がっている。

渋々電話に出ると、叔母との話は想像していた通りだった。ため息交じりに部屋へ戻った。もう母親はおらず、佳澄がニヤニヤして待っていた。

「叔母さん、なんて？」

「佳澄と同じ。有りか無しかを、もうちょっとマイルドに聞いてきた」

「だよね。やっぱり紹介は、答えを出さなきゃいけないよね」

「そう……か。そういうもんか」

内心、ショックだ。軽い気持ちで会ってみて、とか、本格的なお見合いじゃないから、なんて言葉を真に受けていた。かなり露骨だ。マッチングアプリだってここまで短期で答えを求められない。

「それで？　なんて答えたの？」と、佳澄はもうからかっていない。私の返事がなんであれ、そのあとのことを考えてくれるのが彼女だ。

「次の休みに会う約束してるから、そこで加納さんと話してみる」

「断る気？」

「わかんない」

「そっか。もし言いにくいなら、あとから叔母さんに伝えてもらったら？」

「うん。でもきっと向こうにも同じような連絡がいってるだろうから、直接話すよ。大人だもん。自分のことは自分で言うよ」

「じゃあ次は、猫以外の話をしないとね」

ドレミはまだ佳澄の足に寄りかかっている。佳澄も、そしてドレミが座っているカーペットもホカホカだろう。猫の体温は高い。

「でもさ、その人とうまくいったら、ほんとに猫が三匹になるんだね。私さ、再婚する前、私が倒れたらノノの面倒は誰がみてくれるんだろうって不安だったんだ。

今は子供が三人に増えたじゃない？　不安が三倍になったかっていうと、そうじゃないんだよね」

「そりゃ、旦那さんがいるからでしょう」

「まさか。パパなんか頼りにならないよ。スマホゲームばっかだし」

佳澄は顔をしかめている。再婚相手はそこまで頼りなくないので、大げさに言っているのだと思った。

「じゃあ、どうして不安は倍にならなかったの？」

「私が三倍強くなったんだよ。忙しさは三倍じゃ済まないし、三人いればお金も三倍以上。不安まで倍増するわけにはいかないもん。だから強くなるの。子供の数だけね。七緒も、もし猫が増えても……」

佳澄はそこで笑った。ドレミの頭を撫でる。

「ドレミがいると、すぐ猫の話になっちゃうね。猫のことは一旦忘れて、加納さんとは将来の話するのよ。お金とか家とかさ」

「そうだね」

そう言いつつ、向こうは忘れないだろうなと思った。

「近くで催事があるんです。面白いので、ちょっと覗《のぞ》いてみましょう」

待ち合わせのあとにすぐ、加納さんは私を駅直結の百貨店へと連れていった。

催事といえばお歳暮《せいぼ》やお中元、大きなサイズか小さいサイズの服の特設会場のイメージしかない。何か特別な展示でもしているのだろうか。

最上階に着くと、賑《にぎ》わいにびっくりした。

「ここ、何がやってるんですか？」

「ニャンフェスタですよ」

当然とばかりに、加納さんは言った。

「今日が最終日なので混んでますね。初日ほどじゃないですけど」

「二回目なんですか？」

「ええ、先週の日曜から開催しているので」

加納さんは慣れた感じで進んでいく。百貨店のイベントスペースを占めるのは、お歳暮や洋服ではなく、猫。個々のブースが夜店のように並んでいる。

「これ、全部猫の商品ですか？」

デパ地下並みの混み具合もすごいが、その煌《きら》びやかさにも驚いた。すごい店の数だ。入り口付近の店のテーブルを見て、頬が緩んだ。

「かわ……、高！」

「ゆっくり見たいでしょうから、一時間後にここで」

「え？」

加納さんはあっという間にいなくなってしまった。残された私は、勝手が全然わからない。近くにイベント案内のチラシが置いてあるので手に取る。

「出店者二百名？　え、規模でかすぎじゃない？」

猫のグッズばかりの販売会だ。それぞれのブースに出店名があり、扱う商品も様々だ。チラシに配置図が掲載されているので、それを頼りに会場をうろつく。

人出もすごいが熱気もすごい。どの店の商品も、市販では見たことがないほど手が込んでいる。肉球や猫顔のアクセサリーはどれも独創的で、可愛い。手描きのイラストに、指先に載るほど小さな粘土細工、猫耳のフォルムを活かした革製品など、値段はなかなかだが欲しくなってくる。ちょっとしたアミューズメントパークだ。商品の多さに目移りして、クラクラしてきた。

一時間はすぐに過ぎた。待ち合わせ場所へ行くと、加納さんがいた。大きな紙袋を下げている。

「あれ？　見つからなかったんですか？」

「はい？」

「うちの子グッズですよ。ああ、そうか。広田さんの猫は、黒白のローグレードでしたね。タキシードか、ハーレクインですかね。なかなか同じ模様のグッズはないでしょうからオーダーですね。うちの式部もキジ二毛なので、基本諦《あきら》めてます。紫はレッドのソマリなので、たまにあったら即買いですけどね。ははは」

「ははは」と無意識に笑いが出た。

加納さんはよく喋るけど、言っている意味はほとんど不明だ。だが例のTシャツについてはわかった。こういうところで買ったんだ。彼は推しに対する力が半端じゃない。ブルドーザー並みだ。

「どうします？　もっと回りますか？」

「いいえ。大丈夫です」

私は歪《いびつ》に笑った。元々衝動買いするほうではないし、私が好んで選ぶのは動物のイラストや刺繍《ししゅう》ではなく、音符や記号、ピアノの絵柄だ。小学校に入ってすぐに始めたピアノだが、あまり上達しないままに習うのはやめた。でも音楽にまつわるすべてが好きだ。音符は、見ているだけで明るくなれる。

次はどこに連れていかれるのかと警戒していたら、普通のカフェだった。加納さんは明らかにご満悦といったふうだ。

「初日にオーダーしていたんです。首輪のチャーム。人気の猫作家なので、朝一から並びましたよ。ものすごく繊細な加工がしてあるんですよ。見ますか？」

加納さんが袋から出そうとした。見たい。でも今それを見たら、また猫の話題になってしまう。

「いえ。今日は先のお話をしたいと思います。叔母から、加納さんとはどんな感じかと聞かれまして」

「……ああ」

嬉《うれ》しそうだった加納さんが、急に表情を硬くした。わかりやすい人だ。緊張しているのだ。

「こちらも、会計事務所の所長に聞かれました。僕としては、広田さんがとても猫をお好きなので共通するものが多いなと。それでその、話を進めてもらってもよいかと」

話を進めるっていうのは、具体的に結婚に向けて行動を起こすということだ。あらためて、考える。目の前にいるこの人と結婚？　情報はあっても、映画や食事の好みも知らない。それなのに結婚なんて、現実味がなさすぎる。

「私は……」

曖昧《あいまい》ではなく、ちゃんとした答えを出す。共通するのは、猫が好きということ。でも式部と紫は彼の家族だ。私にとってドレミが、私の家族であるように。だから家の子たちは、共通点にはならない。

その他は？　同じ価値観は？　何も浮かばないのに、有りとは言えない。

「私は、自分の猫は好きです。特別なので、大事です。だけどそこまで深入りするほどの、猫好きではないんです。猫カフェには行くし、さっきの催事も楽しかったけど、他の趣味もあります。普通に買い物したり、コンサートへ行ったり、そういうのにも時間を費やしたいんです。だからたぶん……加納さんとは温度が違う気がします」

言ったあとで、これが答えになるんだと思った。答えは有りじゃない。だから無しなんだ。

加納さんは暗い顔で黙っている。私たちは趣味友じゃない。友達から始まったなら、カフェとか催事へ行って、猫の話だけでよかった。細く長く付き合えば、いずれ他のことでもわかり合えたかもしれない。

だけどそうじゃない。すぐに答えが必要だったんだと、後悔する自分に気付かない振りをした。

お節介か老婆心か、はたまた作戦か、叔母から電話があった。加納さんが体調を崩して、寝込んでいるという。しかも直接お断りをした翌日から、今日で三日も欠勤しているそうだ。

その内容を佳澄にラインすると、次にスマホを見た時にはびっくりするくらい連投されている。

『三日はヤバいね』

『猫が二匹いて、三日寝込んでるのはヤバいね。

誰かが見に行ったほうがいいね。別に七緒のせいじゃないし、七緒に見に行けって言ってるわけじゃないけど、けっこうヤバいね』

「ヤバい、ヤバいって、脅《おど》しじゃん」

スマホを眺めながら、呟《つぶや》く。相談したのはこっちだし、正直、後押しが欲しかったのも事実だ。今も佳澄から、ヤバいヤバいが流れてくる。

加納さんは一人暮らしのはずだ。体調不良といってもそこまで深刻ではなく、自宅療養しているという。事務所の所長から聞いた話を叔母が伝えてきたのだが、ご丁寧にマンションの住所まで言ってくるのは、見舞いに行けということだろう。

こういう忖度《そんたく》が紐《ひも》付《づ》いてくるから、紹介っていうのは面倒臭いんだ。

でも、無視はできない。もし猫のことで困り事があるなら、彼は面子なんか捨てて頼ってくるはずだ。事前にスマホで連絡すると、加納さんはかなり驚いていたが、来るなとは言わなかった。つまり来てもいいというわけだ。

なので、会社帰りに少し遠回りしてマンションを訪ねた。ドアの隙間《すきま》から見せた彼の顔は憔悴《しょうすい》していた。相当体調が悪かったんだ。今は起き上がれないほどではないし、ひどいしゃがれ声だが、受け答えはできている。

「すみません。また熱が……ぶり返してきたみたいで」

「何かすることとありませんか？」

「トイレの……砂を」

「はいはい。トイレですね。綺麗にしますよ。寝ててください」

細かいことを聞かなくてもだいたい通じる。加納さん本人のくたびれ具合は、見ない振りをした。頼られたのは猫の世話だ。プラスチックのトイレは二個ある。片方は砂が撒《ま》き散らされ、ほぼ空っぽだ。フンが散乱している。もう片っぽはまだ汚れていない砂が入っている。

「そっちは式部で……。綺麗じゃないとしないので、ある程度すくったんですが、たぶん我慢してて」

「はいはい。入れ替えますね。寝ててください」

２Kのマンションは、普段の暮らしがよくわかる。奥の一部屋にベッドや本棚、パソコン。もう一方の部屋にキャットタワーや猫の爪とぎ、空気清浄機に自動給餌機。オンとオフがきっちり分けられている。

どちらの部屋もタオルやペットボトルで散らかっているが、寝込んでいてこれなら、たいしたことはない。日頃きちんと整理しているのだろう。

猫の食事はちゃんと与えていた。奮闘と努力のあとが見える。袋から出す時にこぼれたのだろうキャットフードが、そこらにポロポロと落ちている。開けようとして開かなかったのか、猫用の缶詰も無造作に転がっていた。どんなに体調が悪くても、エサと水だけはなんとかしなければという執念を感じる。

隣の部屋で寝ている加納さんの背中を見た。本当にこの人は、猫を大事にしているのだと思った。

トイレやこぼれたエサ、ついでにキッチンも掃除していると、ようやくこの部屋の主が登場した。二等辺三角形の大きな耳、褐色の猫。ソマリの紫。離れたところからじっと見ている。

手招きしたり、呼んだり、近寄っても無駄なのは知っている。猫は呼ばれて来るわけじゃない。来たいから来ているだけだ。無関心を装って掃除をしていると、いつの間にか紫が足元にいた。見上げてくる。

たまらなく可愛い。

他の猫の匂いを嗅《か》ぎ取ったのか、すぐに紫はそっぽを向いてしまった。でも、来てくれた。初対面で嫌われなかっただけで満足だ。

掃除が終わった。声をかけようと加納さんの顔を覗き込むと、彼は安心したのか深い寝息を立てていた。来てよかったと、頬が緩んだ。

ドアを開ける時、近くに猫がいないか注意した。紫はどこかなと部屋を見回すと、奥にあるキャットタワーの、ボックス状のクッションの中に猫がいた。半分顔を出している。

もう一匹の猫。加納さんの運命の相手、ブリティッシュ・ショートヘアの式部。灰色の古い英国人のような顔。こちらもたまらなく可愛い。

猫カフェでたくさんの子を眺めるのとは違う。加納さんの猫たち。自分の子が癒しではないと言った彼の感覚が、少しわかった気がする。どんなに不調でも世話が必要な相手。自分よりも優先してあげないといけない。この二匹は加納さんのうちの子だ。私がドレミを連れていくように、彼は二匹の猫を連れてくる。どこに行こうとも、誰と暮らそうとも。

それが彼との将来なんだと思った。

お礼がしたいからと加納さんに呼び出されたのは、十日後だ。体調はすっかり元通りになり、もう仕事に復帰しているという。

初めて会った喫茶店に行くと、加納さんは先に来ていた。今日も彼は地味なスーツ姿だ。

「先日は本当にありがとうございました」

向かい合って座る私に深々と頭を下げてくる。今日、私はグレーのスーツではないけれど、周りからどう見られているのかと思うと笑えてきた。

「いいえ。紫ちゃんに会えて嬉しかったです。式部ちゃんは、チラ見だけでしたけど」

「式部はね、ものすごく臆病なんです。ちょっとの物音でも飛んで逃げてしまって」

「二匹とも、名前の通りとても綺麗な猫ですね」

「ガチガチの理系のくせにって、よく言われますけどね。古典が好きだったんです。得意ではありませんでしたが」

「私も、ピアノは途中で断念しました。だけど好きだから、猫はドレミって付けたんです。ドレミって呼ぶたびに、なんだか明るくなれるんです。全然違う模様なのに、時々楽譜に見えちゃうから変ですよね」

「変ではありません。好きなものは好きなものに見えます」

加納さんはメガネの縁を指で押し上げた。また猫の話で盛り上がる。やっぱりこの人と弾むのは猫の話だけだ。お互いの中心なのだから、それが自然なんだろう。

「あの」

加納さんが硬い口調で切り出した。緊張した面持ちだ。

「僕は面白味のない男で、実を言うと、今まで何度かいただいた紹介話もすべて断られています。なので、広田さんともご縁がないだろうと初めから諦めていました。あまり乗り気でないように思えたので」

「あら……」

そうなんだ、と驚いた。最初に不愛想だったのはそういうことか。確かに私のグレーのスーツは、面接か、商談のようだったかもしれない。何度か断られているっていうのは初情報だ。これは叔母がわざと隠していた気がする。

「ですが先日、式部と紫の世話をしてもらって、広田さんとのご縁をここで終わらせたくないと思いました。僕は確かに猫への温度が高いです。高すぎる自覚がありま す。僕はもし何かが起こった時、あなたより式部と紫を助けます。そういうやつです。だけど、もし何かが起こった時、僕は自分よりも、あなたの猫とあなたを先に助けます」

真面目だ。でも正直すぎる。

私は、式部、紫、ドレミの次?

四番目ってこと?

呆《あき》れる私に気付きもせず、加納さんの黒縁メガネの奥の眼光は強く、とてもじゃないが、婚活中とは思えない。

何かが起こった時って、どういう時だろう。その時には、加納さんは式部、紫、ドレミを連れて逃げるわけで、そうなると私は一人だ。でも一人なら逆になんとでもなる。

返事をしない私に、加納さんは自信なさげに言った。

「……猫友でいいので、お願いします。あと、よかったらこれ」

加納さんが小さな袋を差し出した。促されて開けてみると、首輪に付けるチャームだ。猫耳と肉球がうまくデザインされた小さなプレートに、名前が彫られている。

「これって」

「こないだの催事で、うちの子とおそろいでドレミちゃんの分もオーダーしてたんです。渡せてよかった」

やっぱり猫がらみ。そして猫じゃらしではなくプレゼントで釣るとか、意外な小技使ってくるんだ。

堅物だと思っていたけど、どんどん印象が変わる。弾んだのは猫の話のみ。けれど、それだけで色んなことがわかった。

時間には正確。凝り性で勉強家。ちょっと面倒臭くて、周りが見えないこともしばしば。ガチの時の服の趣味は強烈。

たぶん綺麗好き。優先順位とオンオフがはっきりしていて、とても正直。

猫友でいるのは厳しいだろう。ちゃんとした筋からの紹介は、有りか無しか、答えが必要だ。私にぴったりかどうかはわからない。でもドレミを連れていくのだから、ドレミにぴったりの人がいい。

向こうだってたぶん、基準はそれだ。

お互いに連れていく猫が幸せなら、お互い、幸せになれる気がする。

著者エージェント（石田祥）／アップルシード・エージェンシー

清水晴木

# いちたすいち

# 清水晴木（しみず・はるき）

千葉県生まれ。2011年、函館イルミナシオン映画祭第15回シナリオ大賞で最終候補作に残る。15年、『海の見える花屋フルールの事件記～秋山瑠璃は恋をしない～』でデビュー。著書に、ドラマ化された「さよならの向う側」シリーズ、舞台化された『17歳のビオトープ』のほか、『風と共に咲きぬ』『旅立ちの日に』『分岐駅まほろし』『天国映画館』などがある。

一人でいるのはそんなに悪くない。そう、気づいたのは二十九歳の誕生日を一人で迎えた日の夜のことだった。

子どもの頃から友達が多いわけではなかった。といっても、ずっと一人きりでいたわけでもない。ごくごく普通の環境の中で過ごしていたと思う。それでもやっぱり心が一番落ち着いたのは、自分の部屋の中で一人になってベッドに寝転んだ時だった。

その感覚は大人になった今でも変わらない。ちゃんと会社員として仕事はしているし、恋人ができたこともあるけれど、一番自分らしくいられるのは一人の時だ。ただ、一人で過ごすことを好んでいるのは事実だが、別に孤独に生きたいというわけではなかった。一人でも明るく朗らかに生きたいと思っている。

明朗というやつだ。明朗会計。別に会計する必要はないか。でも、そんな私にとって、ひとりで明るく朗らかに生きるモデルのような生き物がいる。

——猫だ。それも野良猫のような生き方に憧《あこが》れている。ひとりでいても寂しそうには全然見えない。野良の社会は実際には大変かもしれないけれど、ぱっと見は呑《のん》気《き》に気楽に過ごしているように見えるのもいい。

そして最近、お気に入りの野良猫がいる。体はそんなに大きいわけではないが、子猫というわけでもなかった。視線にはどこか強さがあり、じっと見つめていると、今にも喋《しゃべ》り出しそうな雰囲気すらある。夜が似合うその黒い毛並は、コインランドリーの明かりに照らされるとより際立つ気がした。

そう、私はコインランドリーという場所も気に入っている。家からすぐ近くにあって、夜にこの場所に来るのが、私のルーティーンの一つでもあった。

最初にこの場所に来たのはある悩みを解決したかったからだ。夜眠れなくなることが多いのだ。体調によって左右されたりするけれど、悩みや考え事があると、より寝付けなくなってしまう。ずっと頭の中でそのことばかり考えてしまうのだ。でも、眠りを妨《さまた》げられた生活なんて明るく朗らかに生きるのに反している気がする。そこで気分転換として夜の散歩に出た時に、たまたま見つけたのがこのコインランドリーだった。

最初はコンビニかどこかに出かけようと思っていた。だけど足が向いたのは、同じように真っ暗な夜の中にぽっと明かりを灯《とも》すコインランドリーだった。他に人がいないのも良かったのだろう。コンビニだと店員さんがいるし、他のお客さんがいることもある。誰かに会いたい気分ではなかったからこそ、私にとってコインランドリーはとても都合の良い場所だった。そして入り口のそばの自動販売機のところに黒猫がいたのだ。

最初は、私が買ったコーンポタージュの缶に興味を示したようだった。といっても飲むはずなんてないだろう。ただ、ものめずらしさを感じているだけのようだった。少し離れたところから私のことをじっと見つめている。

　特にそこで、猫と何かをしたわけでもない。その子に触れたわけでもないし、猫の方から近寄ってもこなかった。

　それでもただ、私が眠れない夜にコーンポタージュを飲んでいる間、そばにいてくれた気がした。結局は一人で過ごしていたんだけど、猫が傍らにいてくれることを心地よく感じてもいた。だって私はその日家に帰った後、よく眠ることができた。

　それからも何度か、眠れない夜はコインランドリーに行った。黒猫は、やっぱりそこにいた。気前よく愛想を振り撒《ま》くことなんてなかった。私のことをチラッと見て、それからその場にじっとしている。こういうところにいる猫ってもっと人慣れして餌《えさ》とかねだるものかと思っていたけど、この子はそういうところがなかった。そんなところもひとりで生きている恰好《かっこう》良《よ》さのように思えて、ますます惹かれて仕方なかった。

　いつもこの黒猫はひとりでここにいる。このコインランドリーを拠点の一つにしているようだった。

　この子もきっと、ひとりでいることをそんなに悪くないと思っているはずだ。だから私にとってはこの子が夜の空の下にひとりでいても同情することはない。

私たちは、物理的にではないけれど、この夜の中でほんの少しだけ手を取り合うように心の中で挨拶《あいさつ》をして、それから眠りにつく。

今はそれだけで充分だった。

○

「成美《なるみ》ちゃん、これ貰《もら》い物のバウムクーヘンだから食べて」

私は今たくさんの素敵なものに囲まれていた。テーブルの上に小さく灯るキャンドル。天井から吊《つ》るされたエアプランツ。窓辺に置かれた貴族のような衣装を着た猫の置物。そしてその空間を柔らかく包み込むコーヒーの香り。

そして目の前には、今、切り分けられたばかりのバウムクーヘンと、私のことを成美ちゃんと呼んだ素敵な女性がいる。

「ありがとうございます、真里《まり》さん」

元上司の真里さんだ。元、というのは真里さんは、会社を二年前に辞めていたからだ。私が働いているのは、とある広告代理店だ。そこで真里さんは、私もこの間まで在籍していたマーケティング部門において、常に優秀な成績を収めていた。部下からの信頼は厚く、上司にもきっちりと意見をするような人だったから、会社の中で一目置かれていたと思う。そして私が会社で唯一、プライベートでも会うような人だった。真里さんは誰からも慕われていたから、他にも会っている人はたくさんいたはずだ。だから私はその大多数の中の一人。そう割り切って過ごしていた。

でも、そんな真里さんから半年前、突然連絡があった。会社を辞めて新しく始めた仕事のことを、私だけに明かしてくれたのだ。そしてそれは全く私も予想していないものだった。

カフェ。しかも夜にしか開かない、夜カフェだ。そこのオーナー兼店長として、真里さんはお店に立っている。誰にも話していなかったけれど、カフェを始めるというのは、真里さんがずっと持っていた夢だったのだ。ゆっくりとした時間の中で、一人ひとりのお客さんと触れ合えるような場所が欲しかったと教えてくれた。お店を始めることも、その理由も、なぜ私だけに明かしてくれたのかわからなかったけれど、こうやって会社を辞めた後も真里さんと会えるのは純粋に嬉《うれ》しかった。

「これ、おいしいです」

「でしょ、舌は確かなのよ。その人」

その人が誰を指しているのかはわからない。このお店の常連さんだろうか。でも、こんな変わった時間帯にしか開かないカフェなので、まだお客さんがちゃんとついているようにも思えなかった。

「今日はまだお客さん私一人なんですね」

どちらかというと心配の気持ちでそう言ってしまう。私としては一人の方が居心地がいいけど、真里さんにとっては焦るような状況のはずだ。

「そうね、でも、夜の真ん中くらいのこの時間帯はこんなものなのよ。逆に、閉店前の明け方近くとか、お店を開けてすぐの夜の始まりの頃くらいに混むことが多いから」

「そうなんですか。そんなにお客さんが来てるなんて意外ですね」

「意外って何よ、失礼ね」

「いや、時間帯が意外という意味ですよ！」

慌てて訂正を入れると、真里さんがわかっているというように、ふっと笑った。

「まあこれもちゃんと差別化ができてるってことなのよ。家に帰る前や、飲み終わった後とかに、静かな場所で一人になりたくなる時ってあるじゃない？　このあたりはそういう時に開いてるカフェなんてないから、そこで需要と供給が一致しているわけ」

「さすが、マーケティングはバッチリですね」

さっきの代わりにお世辞を言ったわけではなく、本当にそう思って言ったけど、また真里さんは、ふっと笑った。

「でもまあ最初はそんなこと何も考えずに、私が猫が好きだから、この時間帯にお店を開けることにしたんだけれどね」

「えっ、そうなんですか？」

それは初耳だった。

「店名の『マルジャーラハ』ってどういう由来かわかる？」

「……いえ、全然見当がつかないです」

名前の由来は前から気になってもいたが、今まで訊けずにいた。

「サンスクリット語で猫って意味なのよ、オスのね。メス猫は『マルジャーリ』って言うの」

「猫だったんですか。なんかおいしいインドカレーとか出てきそうな店名だなあ、とは思っていましたけど……」

「まあサンスクリット語は古代インド語だから、当たらずとも遠からずってところね」

「でも店名の由来は猫からってわかりましたけど、なんでそれがお店を開けている時間帯と関係しているんですか？　猫は夜行性だからってことですか？」

私がそう言ったところで、真里さんは小さく首を横に振ってから言った。

「それよくある勘違いなのよね。猫って夜行性と思われがちだけど、実際は薄明薄《はくめいはく》暮性《ぼせい》なのよ」

「薄明薄暮性……」

初めて聞いた言葉だった。真里さんが、その意味を説明してくれる。

「猫の睡眠ってそもそも一度にまとめてとるものではなく、何回かに分けてとるものなのね。それで日中や夜中も寝たり起きたりを繰り返す。そんな生活の中で一番活発になるのが、薄く明るくて薄く暮れた時、つまり明け方と日没直後の薄明薄暮の時間帯なのよ」

「……へえ、知りませんでした。だから、このお店も日没に開いて、明け方に閉まるんですね」

「そう、いいでしょう。私もどちらかというと夜型だし、この生活は悪くないものなのよ。まあもう一人くらい交代で働いてくれる人がいたらいいなとも思うけどね」

そう言ってから真里さんが、洗ったグラスを拭《ふ》き始める。その姿は既に店主として様になっていた。

「それよりも成美ちゃんは、仕事の方はどうなの?」

「仕事の方はそうですね……、ぼちぼちというか……」

「言い方が明らかにぼちぼちって感じじゃないわよ、愚痴《ぐち》愚痴って感じ」

「それは確かにそうなんですけど……」

前にもここへ来た時は、会社の愚痴を話してしまっていた。真里さんもそれをわかっていて、私に話を振ってくれたのだろう。

「何かあったら話しなさいよ。好きにぶつけちゃっていいのよ、ここはそういう場所でもあるんだし。まあ私は好きにぶつけすぎて今はこんな自由の身になっちゃったわけだけれどね」

そう言って真里さんが私の湿っぽい空気を一掃するかのように笑った。真里さんが言っているのは会社のことだけではない。真里さんは、会社を辞めてから一年後くらいに離婚もしていたのだ。子どもはいなかったから円滑に進んだとも言っていたし、そんなに悲壮感はなかった。お互いに納得した上で、まさに自由となった感じだ。そんな真里さんは私にとって、明るく朗らかに一人でも生きる、を体現している人でもあった。

「……私の自由はどこにあるんでしょうかね」

ポツリと呟《つぶや》くと、真里さんがふっと笑ってから、さっと答えた。

「意外と外側じゃなくて、内側にあったりするかも」

「内側？」

「うん、きっと自由ってそういうものでしょう」

真里さんが、自分の胸のあたりをとんと小さく叩《たた》いてそう言った。

○

眠れない時のルーティーンとして、コインランドリーにも行けない雨の日は、家で深夜ラジオを聴くことが多い。雨の日に間接照明だけをつけて、深夜ラジオに耳を傾けるのが好きだ。何か特別な小さな夜の世界がそこにある気がする。といってもラジオを聴き始めたのは数年前からで、そんなに歴が長いわけではない。たまたまDJコトーという女性パーソナリティの放送を聴いたのがきっかけだった。

「いやー雨の日が続きますね。そしてそんな雨の日に似つかわしいというか、寝耳に水、いや寝耳にミミズ、いやいやもうそれを通り越して寝耳にミミズク、あのフクロウみたいなやつですね、そんなのが急に飛び込んでくるような驚きのニュースが入ったんですよ！」

コトーさんの軽快な喋り出しから、ちょうど番組が始まったところのようだった。そして序盤から思わず耳を傾けたくなるような話が始まっている。これもこの人の話術の一つだろうか。

「……このたび、私の大切な大切な妹ちゃんが結婚しましたー！」

その高らかな声とともに、パンパカパーンというどこかで聞き覚えのあるお祝いの音が聴こえてくる。

「いやーほんとにおめでたいことですよね。私も長らく実家に帰っていなかったので、本当に突然のニュースでした。嬉しいですよお。もちろん姉としては先を越されてしまって少し切ないところもあるんですけどね。あはは っ、でもそんな些細なことは全然気にしていませんよ。これから親族の集まりに行くのは気まずいなとか、こうなったらマッチングアプリでも本名の塔子《とうこ》で登録しようかなとか、いざという時にはレンタル彼氏でも雇おうかなとか、妹ちゃん私にもっと事前に相談してくれてもよかったんじゃないかな！　というか良い男の人いたら紹介して！　とか、まぁ色々思うことはありますけど全然気にしていませんよ！」

「……めっちゃ気にしてるじゃん」

思わず笑いながらラジオに向かってツッコミを入れてしまった。もちろん今のはコトーさんの冗談だ。こういうあっけらかんとした親しみやすさも人気の一つだと思う。現に私はそういうところに惹かれて、この番組を聴くようになっていた。

それにしても結婚の話題なんて、ある意味私にとってもタイムリーだった。現在二十九歳。晩婚化が叫ばれる昨今ではあるけれど、自分がいわゆる女性の結婚適齢期ということはわかっている。

自分自身はそんなに気にはしていなかったけど、こういうのは勝手に周りが変わっていって、気にしなければいけないようになっているものだった。「良い人見つけなさいよ」「結婚とかちゃんと考えてるの?」なんて言葉は母の口からもよく出てくる。

でも私はその度にきっぱりと「そもそも探そうとしていない」「これっぽっちも考えていない」と答え続けていたので母も観念したのか、最近は「あんた一人で孤独死するわよ」と脅し文句を言うようになった。

けどそうやって言われても、自分の死に方とか、自分が死んだ後のことなんてどうだっていいと思ってしまう。だから「孤独死なんて自分の死期を悟ったら姿を消す猫みたいで恰好いいじゃない」と言い返してやった。すると母は「なによその言い方、もう親の顔が見てみたいわ! って私か! もう嫌になっちゃう!」と何かコトーさんには到底及ばないような持ちネタを披露して返してきた。

母としても、まともな答えが返ってくるのはもう期待していないのだろう。とりあえず言葉を私に投げて、それである程度は満足しているようだった。

「……でもこのネタ使えるかもなあ」

ふとそう思ったのは、コトーさんの番組の中でお悩み相談コーナーがあるからだ。

そこに私も何度か手紙を出したことがあったが、いまだにコトーさんにメッセージを読まれたことはない。

母とのやりとりをそのまま相談したらどうだろうか、ネタ提供のためにもまた母と電話してみるのもいいかもしれない。いつかそのコーナーで私の手紙が読まれるのは、ささやかな夢の一つなのだから。

「ふふっ」

一人ならこんなくだらないことを夢にしてもいいのだ。誰からも文句は言われない。私が良ければそれでいい。こんなことでも私はやっぱり一人でいるのが好きなんだと思ってしまう。

「……さあ、こちら海浜幕張《かいひんまくはり》のスタジオから引き続きお送りしていますが、雨のしとしと、という音がなんだかここまで聴こえてくるようです。でも雨もそんなに悪くはないものですよね。私は好きなんですよ。恵みの雨とも言うし、天気予報では雨のことを悪い天気なんて言い方はしないようにしているみたいですからね。だってこの音を夜に聴いていると、なんだか癒される気がしませんか？」

私と同じことをコトーさんも思っていたことを知って嬉しくなった。私も雨のことをそういうものだと思っていたのだ。

家の中から街灯の光を受けて降りしきる雨を眺めていると、どこか美しさすら感じる時がある。断続的な雨粒の音は豊かな音色のようで、透明な水たまりがアスフアルトの上にできると、夜のモノクロの世界がいっそう際立つ気がするのだ。

「私も雨が好き」

ひっそりと呟いてみると、コトーさんと話をしているような気がした。

テレビとラジオってやっぱりなんだか違う。ラジオはすぐそばにあって、私に向かって話しかけてくれている気がする。

だから夜に聴くラジオはいい。

一人でいても、この世界に独りでいる気なんてこれっぽっちもしない。

一人の良いところだけを、ちゃんと一人占めしている気がする。

「……あっ塔子だからコトーさんなのか」

——そんなことに遅れて気づいたその日、私は雨の音とラジオから聴こえてくるコトーさんの声に耳を澄ましたまま、心地よく寝入ることができた。

○

昨日の夜は良かった。でも今日の朝はそんなに良くなくて、昼はだいぶ悪かった。

というのも会社に行くと、やっぱり憂鬱《ゆううつ》なのだ。社内では、事務的な会話以外ほとんどしない。マーケティング部門から総務への不本意な異動があって、それからその場所に出来上がっていた女性グループから外されているのも憂鬱さに拍車をかけている。総務でも人気の男性上司になぜか気に入られていたのが、彼女たちからしたら気に食わなかったみたいだ。面倒な事態は避けたいと、男性社員を避けているうちに、そのまま女性社員からも、避けられるようになってしまった。

「ふぅ……」

自分のデスクから、談笑を交わす他の社員の姿を眺める。私だけが離れ小島にいるようだ。

だけど、今思えばこんなことは中学生の時にもあった。あの頃と比べると些細なことだ。今はやることがある。仕事をやればいいし、私には他の居場所がいくつもある。会社はただの給料をもらうだけの場所だ。真里さんももしかしたら、社内では活躍を見せながらも、まだ明かしていなかった不満も心の中にはあったのかもしれない。それで、ぼんやりとした未来の結末が見えて、それを拒《こば》んでカフェを始めた。だとしたら、辻褄《つじつま》の合う部分がある。選択肢があるのはいいことだ。私にとってもまだ選択肢があるのだから、別に今の状況はそんな不幸なものには感じない。

中学生の頃はそれなりにしんどさを感じていたと思う。それこそ居場所と選択肢が他になかったからだ。教室の中の居心地はひどく悪かった。あの時の私はノートの端に絵を描いていた。そうだった、私は絵を描くことが好きだったんだ。

「……」

ボールペンを手に取る。もう必要なくなった資料の裏側にそっとそのインクを乗せる。中学生の頃によく描いていた猫のキャラクターの絵。この子にちょっとしたセリフをつけて、それで自分の中のモヤモヤを解消していたところがあった。「人間って、めんどくさいね」そんなちょっと思想の強いセリフを、中学生の頃は書いていた。だいぶイタかったと思うけど、自分を慰める行為の一つだった。思えば私はその頃から一人でいる方が楽だと思っていたのかもしれない。一人でいることを肯定したくもあったのだ。そう思うと、あの頃から大して変わっていないなと思う。

今の私なら、この猫のイラストになんて言わせるだろうか。

「……大人って、めんどくさいね」

そんな言葉を、絵の中に吹き出しをつけて入れてみる。

自分の中の嫌な感情がふっとなくなる気がする。

そしてやっぱり私はあの頃から大して変わっていないなと思った。

――その日の夜は、眠れないわけではなかったけれど、コインランドリーに行った。というか仕事終わりにそのまま向かった形だ。とにかくあの黒猫に会いたかったのだ。黒猫からしても意外な時間に来たことにびっくりしているようだった。ただ、ほんの少し目を見開いただけで、近寄ってくるわけではない。そこはいつも通りの対応で、私としても、このいつもの距離感の方が安心するからちょうどよかった。

「よしっ、やるぞ……」

わざわざこの時間に黒猫に会いに来たのには理由があった。この黒猫の絵を描こうと思ったのだ。久々に絵を描いてモチベーションが上がっていた。そして描きたいと思ったのは、やっぱり猫の絵だった。無印良品で買ったメモ帳と、サラサのボールペン。本格的な道具ではないけれど、これなら仕事にも使えるから、今の私には充分だ。

「そのままいてね……」

黒猫との距離は二メートルくらい。今はじっとして、コインランドリーの中で回り続けている洗濯機を見つめている体はほぼ正面で、顔だけはやや横向きといったところだろうか。構図としては悪くなかった。さっとあたりをつけてからペンを走らせる。

鼻、髭《ひげ》、目、と顔の中心付近にあるパーツにはだいぶ気を遣って描き進める。黒猫はそのままじっとしてくれていた。きっと頭の良い猫なのだろう。私の意図を理解してくれているようだった。

ゴロンゴロンと、洗濯機の回る音がする。小さく聞こえるのは、メモ帳の上を走るボールペンの音。

落ち着いた時間が流れている。絵を描いている間は、こんな気分になれるから好きなのかもしれない。ペンと紙と被写体だけに集中していると、嫌なこととか日常の些細なことを意識の外に置いておける気がした。

ペンは走る。文字通りサラサラと。その勢いのままに、黒猫の絵を完成させた――。

「うん、いいかも……」

メモ帳をそのまま手に取って、目の前の黒猫の横に並べてみる。久々に描いた絵にしては、やっぱり悪くなかった。

「どう、これ？」

裏返して、黒猫に見せてみた。私に動きがあったので、ちらっとこっちを向いた。そのまま興味深げに絵を見つめているように見えたけれど、ピーッと洗濯機の音が鳴ると、また、そっちに興味を戻して顔を背けてしまった。

「まあちょっとは見てくれたなら、悪くないってところかな……」

そんな風に都合よく解釈しておこう。今は私自身がいい気分だったから、とりあえずそう思うことができた。その時、突然コインランドリーの自動ドアが開いた。

「あら、珍しい」

来客があったのだ。そこに現れたのは、私よりも二回りは歳が上の中年の女性だった。ちょうどさっき音が鳴ったばかりの洗濯機に、まっすぐ向かっていく。

「あなた、この猫と仲いいの？　こんな近いところで、じっとしているなんてあんまりないのよ」

その女性はさっき珍しいと言った理由を、私に向かって告げた。

「……そうなんですか？　私はいつもこの黒猫とは、これくらいの距離感で過ごしているんですけど」

「あらそう、それって充分珍しいわよ。ずいぶん前から来ている私だって、ようやくこれくらいなのに」

そう言った女性から少し目を離してみると、既に移動して三メートルぐらいの距離を取ったところにいる猫を見つけた。

「……そうだったんですね」

なんだかちょっと嬉しくなっている自分がいる。まだ二メートルの距離があるけれど、私には少しは心を開いてくれているみたいだ。

そしたら、もしかしたら私がこの猫を飼ってみてもうまくいくのではないかとふと思ってしまった。幸いなことに私の部屋はペット可だし、私ならこの黒猫と良い距離感のままで過ごせるはずだ。この子の自由を奪うことなんてないだろう。でもこれも私の自分勝手な考えだろうか。これ以上近い関係性になってしまえば、うまくいかなくなってしまうかもしれない。

そう考えると、色んなことに踏ん切りがつけられなかった。そしてそんなタイミングで、女性が口を開いた。

「この猫、ちょっと人間不信になっているところがあるのよね」

「えっ？」

その言葉の意味が、すぐにはわからなかった。

「前からこの子、ずっとこの場所にいたんだけど、一時は飼われていたこともあったのよ。近くのマンションに住んでいる会社員の人にね」

女性は言葉を続ける。

「でも、その人ね、住んでいたのがマンスリーマンションだったの。こっちへは出張で来ていただけで、だからそれが終わったら、またここに戻された。ひどい話よね。マンスリーマンションとかコインランドリーとかと一緒で、レンタルするみたいに、その猫を使ったのよ」

「……」

さっきまでと変わらないはずなのに、夜がしんと静まり返っている気がした。私の心の中には、ふつふつと今までとは違う感情が湧いている。

「戻された後も、その子ここにいるのよ。まだその人を待っているのか、それともこの場所の居心地を気にいっているのかわからないけれどね」

女性はそう言って洗濯物を取り出してまとめると、コインランドリーから去っていった。

コインランドリーの中に残されたのは、私と黒猫だけになった。

「……」

私は黒猫を見つめる。

「……」

黒猫はもう回らなくなった洗濯機を見つめている。

夜がさっきよりも、もっと暗くなった気がした。

○

「……ありえない、私なら往復ビンタするわそいつ」

お店に行って、真里さんとさっきまでにあった話をした。真里さんは私の分の怒りも吸い取って、怒ってくれているかのようだった。

「生き物をなんだと思っているのよ、二度とこの地を踏まないで欲しいわ」

そう言ってから一度カウンターを離れる。今日は他にもお客さんが来ていた。窓際の席に女性が座っている。このお店では、真里さんと話をしたい人はカウンター席に座って、ゆっくりと一人で過ごすか、一緒に来た友人と話したい人は、窓際のテーブル席に座るという暗黙のルールがあった。その女性は、私も何度か見たことがある。常連の人だ。夜なのにわざわざ濃いめに抽出したコーヒーをオーダーしてブラックで飲んでいたから記憶にあった。

「ああ、もう腹立つ。私もコーヒー飲んじゃおうかな、眠気覚ましのカフェイン摂取で」

真里さんが戻ってきてからそう言った。私が頼んだのはホットココア。夜に飲んでも睡眠には差し支えのない飲み物だろう。ただ気を落ち着けたいという目的もあった。まだ頭がこんがらかっている。心の中もぐちゃぐちゃになっていた。あの黒猫にそんな事情があるなんて思わなかった。ただ今思えば不思議な点はあった。あいう人が集まるような場所にいる猫は、大体人慣れしているものだ。それなのにあの猫は自ら餌をねだるようなこともしてこなかったし、誰かに触れることすらしなかった。あの女性の言っていた通り、本当に人間不信なのだろう。そんな辛い過去があの黒猫にはあったのだ……。

「はい、これサービス」

そう言って真里さんが差し出したのは、アーモンドだった。

「お店のメニューじゃなくて、常連さんからの貰い物だから気兼ねなく食べて。みんなに配ってるし」

真里さんがそう言ったので、チラッと窓際を見ると、そこにいる女性も同じようにアーモンドを提供されていた。

「……あの方からの貰い物ってわけじゃないですよね？」

私がこっそりと尋ねると、真里さんが首を横に振った。

「違うわよ、他の常連さん。前と同じ味のわかる男よ」

前にバウムクーヘンを差し入れてくれた人のことだ。どうやらこのお店にもそれなりに常連さんがついているようだった。

「……そんなに常連さんがいるなんて、お店も少しずつ繁盛してきているんですね」

「そうは言っても、お酒を飲むみたいに何杯も飲むわけじゃないからカフェ経営はいつまでたっても難しいわ。まあこういう落ち着いた雰囲気は悪くないけれどね。それにしても、もう少しお客さんには来て欲しいなと思っているけど」

「そう考えると、何かお客さんを増やす宣伝とか必要なんですかね」

「そうね、いいアイディアないかしら。お金のかかった宣伝なんてそんなにできないからなあ」

「確かに難しいところですね」

「お先真っ暗よ、夜カフェだけに」

そこでお互いに小さく笑った。だけど、その笑いは長続きしてくれなかった。

「なんか暗い話ばかりになっちゃったわね、やだやだ」

「……まあ夜ですから仕方ないですよ、暗くなるのも」

「そしたらこのライトみたいに明かりをつけてちょうだい」

「そんなこと私に言われても……」

パッと明るくなるような話題をそこで始めることなんてできない。

でもなぜかそのタイミングで、窓際の席に座っていた女性が私たちのそばにやってきて言った。

「……私なら絞め落とすわね」

「えっ?」

思わず私も真里さんも聞き返してしまったけど、すぐになんのことを言っているのかわかった。

「あっ、さっきの……」

「そう、ごめんなさい。つい聞こえてきちゃって。それにアーモンドも美味《おい》しかった、ご馳走様。お会計お願い」

そこで女性がようやく会計のためにそばにやってきたのだとわかった。

「ありがとうございます。お会計は……」

真里さんが応対すると、女性はクレジットカードで支払いを済ませてさっと帰っていった。

どこか聞き覚えのある声だったけれど、その澄んだ綺麗な声に「絞め落とす」なんてワードが似合わなくて、私と真里さんは思わず顔を見合わせて小さく笑った。

○

でもその日の小さな笑いが、特にその後の状況を好転させてくれるようなことはなかった。結局真里さんの店を出た時もお互いにため息をついて終わったし、それから数日は、うまく眠ることができない日が続いてしまった。

色んなことが少しずつ、自分の体の中に作用していたのだろう。考え事がずっと頭の中にあって、それがモヤモヤと膨らんでいって熱が溜まって、眠りを妨げている。

その間、コインランドリーには行かなかった。あの黒猫の事情を聞いて以来、どんな顔をして会えばいいのかわからなかった。都合よく会いに行く私だって、話の中のマンスリーマンションの住人と同じではないだろうか。ちゃんと責任を持たなければ、もう一度会いに行ってはいけないと思ってしまった。

コトーさんの深夜ラジオも今週はお休みだった。楽しみを奪われた気分だ。あの金曜日の夜のラジオ放送があるだけで、もう少しだけ仕事が頑張れる気がするのに。耐えるように、忍ぶように、日々を過ごしていた。明るく朗らかな生活なんてものとは程遠い。しかし、そんな時に限って、私にとどめを刺すように、ひどい出来事が起こった——。

前日はよく眠れなかった。深夜になっても嫌になるくらい目が冴えて、わずかに眠りにつけたのは空が白み始めた頃だった。

起きる時間になったが頭が重い。それに首のあたりが痛い。体がこわばって緊張しているのがわかった。

そんな状態で出社してしまったから午前中からミスをいくつかしてしまった。午後から挽回《ばんかい》しようと思っても、皮肉なことにそんな頃になって眠気が襲ってくる悪循環だった。このままではいけない、と思って私は逃げ込むようにトイレの中に入る。便座に座って抱え込むように頭を下げた。

「はぁ……」

なんで夜の家の布団の中で眠れなくて、こんな昼の会社のトイレの中で眠くなるんだろう。何か重大な欠陥が私の心の中にはあるのではないだろうか。眠れないのと眠くなるの両方で苦しめられているなんて、本当に自分が情けなくなる。

そのまま立ち上がれないでいると、聞き覚えのある女性の話し声が聞こえてきた。

「あんなにミス連発するって……部長ももっと注意すればいいのに。なんだか安《あん》城《じょう》さんって特別扱いされてない？」

同じ部署の、私を仲間外れにしている女性たちだ。

「顔だけはマシだから上司も甘くなるんだよ、こっちは嫌になるけどね」

彼女たちが、私の話で盛り上がっている。

「会社の飲み会も毎回断るし、あそこまで高嶺《たかね》の花感を演出されちゃったらなあ」

「まぁどちらかと言うと、本当は特別扱いというか腫《は》れ物扱いされてるだけなんだけどね」

そこで笑いが起こる。

このトイレの中で私以外の全員が笑っている。

もしかしたら私もその場で一緒になって笑った方がよかっただろうか。それでトイレの中からご本人登場、みたいな感じで出て行ったらもう一つ笑いが起こるだろうか。いやそんなことはない。場を凍りつかせるはずだ。そもそもそんなことできるはずがない。まだこんな時でもそんなことを考える余裕があったのは、こういうのは、初めてではなかったからだ。学生の時も陰口《かげぐち》を言われていたことがあった。あの時は、表面上は普通に仲良くしていた女の子たちだったから、そっちの方がダメージがあった。私の心だって今よりナイーブだった。今は大人だから大丈夫。何とも思っていない人から言われることなんて気にする必要ない。そう考えることができる自分が今はいた。だけど、そこで話が終わったわけではなかった。

「それに何、あのダサい猫の絵」

そう笑いながら言った人がいた。

「あの社内報のやつね、あんなん描いて媚《こ》び売ってるのかな」

同調する人がいる。

「センスないよねあれ、社内のおじにはウケがいいみたいだけど」

そこでどっと笑いが起こった。

「……」

今度は私も一緒に笑おうとか、その場から出て行こうとか、そんなことは全く思わなかった。

彼女たちの言葉が、ナイフのように胸の奥に突き刺さっていたから。

「…………」

自分のことよりも、自分の描いた絵を馬鹿にされたことの方が傷ついているのはなぜだろうか。自分のことなら、相手が間違っていると指摘できるからだろうか。私の絵をダサいとか、センスがないと言われては、何も言えなくなってしまう。絵を描くことで救われていた中学生の頃の自分まで否定された気がした。自分の大切なものが否定された気がした。こんな否定を、こんな場所で受けたくなかった——。

やがて、トイレの中にいるのは私一人だけになった。

いつの間にか眠気は飛んでいた。それが唯一の良い点だった。トイレから出て鏡の前に立ち、自分の顔を眺めてみる。今までに見たことのないようなひどい顔をしていた。怒りとか悔しさとか悲しさとか色んな感情が混ざっていたのだ。

——トイレで同僚に陰口を叩かれているのを聞いてしまいました。こんな時はどうすればいいのでしょうか？

そんな話をコトーさんのラジオに投稿したらどうなるだろう。でもこんなのドラマの中とかではありきたりなことなので、きっと採用されないと思った。ただよくある話だけれど、実際に自分の身に起こってみると、「よくあることだよね」なんて笑って流せる気にはなれなかった。

○

会社を出た。

電車に乗った。

最寄りの駅に着くと、雨が降っていた。

コンビニで買った傘をさした。

夜ご飯は食べる気になれなかった。

お風呂に入った後、布団に入った。

眠れなかった。

まだ雨が降っていた。

こんな日は、やっぱり眠れるわけがなかった――。

今日はコトーさんのラジオの放送はない。こんなぐちゃぐちゃな感情で、真里さんに会いに行くこともできない。泣き出して余計な心配をかけてしまうかもしれなかった。

私に残された手段は一つだけだった。向かったのは、あの黒猫のいるコインランドリーだ――。

雨の降る夜にわざわざコインランドリーに行くのは初めてだ。当たり前のことだけど、外に出るなら雨は降っていない方がいい。それでも今日は、あの黒猫に会いたかった。誰か人ではなく、あのコインランドリーの中にいつもひとりでいる黒猫に会いたかったのだ。

「いた……」

黒猫はそこにいた。いつもの場所だ。コインランドリーの中には他に誰もいない。雨の夜に、わざわざこんな場所へ来る人はいなかったのだ。

黒猫は久しぶりに訪れた私に向かって走り寄ってくるなんてことはしなかった。これもいつもの調子だ。だけど、そんないつも通りが、今の私にとっては懐かしく感じた。

こうしてまじまじと黒猫の姿を眺めるのも、前に絵を描いた時以来だ。黒猫は少し離れた位置で、私のことをじっと見つめている。今日はペンもメモ帳も持ってきてはいない。今は絵を描く気になんてなれなかった。

「……少しの間、来られなくてごめんね」

言葉が返ってくるわけはないとわかっていながら、黒猫に向かって話しかける。そうした方が、少しでも気持ちが伝わると思ったから。

「なんかもう全てが嫌になっちゃったな……。めんどくさいよ、大人とか、人間って……」

　前に描いた猫のキャラクターに言わせたようなことを口にする。今は私一人だから、自然とそんな言葉が出てきてしまったのだ。

「でも、私が悪いのかな。うまくあの中に混ざれないから。みんなうまくやれているんだよね……。学生の頃からずっと私だけがうまくできないなら、やっぱり悪いのは周りじゃなくて私の方なのかな……」

　黒猫はその間、じっと私のことを見つめていた。

「……私はさ、別に自分がこのままでもいいんだけどさ。でもこのままの自分だと周りとうまくやっていけないところがあるみたいなんだ。……誰かと一緒にうまくやっていかなきゃいけないってこともわかってる。それが大人だっていうこともわかってる。……だけど、私はうまくやれるかな、本当に怖いんだよ。誰かと距離が近づいたら、また離れてしまうことが怖くなる。……一人から二人になってうまくいかなかったら、その先も全部うまくいかないってことになるからさ、その時はもう、心の底から絶望したくなるんだよ」

　黒猫が何か言葉を返してくれるわけではない。それどころか、言葉を理解しているわけでもない。だけど、だからこそこんな風に恥ずかしさもなく、私は自分の気持ちを吐露できているに違いなかった。

同じように言葉を理解して返してくる相手なら、こんな風に心の弱い部分をさらけ出すことなんてできなかった。相手が人間ではなく猫だから、こうやって話すことができたのだ――。

「私は臆病でずるいんだよ……。君とだってそう。君を家に連れ帰った時にうまくいかなかったらどうしようって、ずっとそんなことを考えている。怖いんだ。それならこのままずっと一人でいた方がいいんじゃないかって思う。君にとっても、その方がいいんじゃないかなって……」

私は黒猫のことを見つめて言った。

黒猫も、私のことを見つめていた。

この空間に、私と猫だけしかいない。

静かな夜だ。

回っている洗濯機もない。

しとしとと雨の降る音だけがかすかにする。

私も、黒猫も音を発しなかった。

まるでこの空間だけではなく、この世界にいるのは、私たちふたりだけのようだった――。

――でも、その時だった。

「えっ」

黒猫が動いた。

私の方に向かって歩いてきたのだ。

「どうして……」

こんなの初めてだった。あの中年女性だって言っていた。この猫がそんなに懐くことはない。人に近寄ることや触れることはなかったのだ。

でも今は違った。もう私のそばまでやってきていた。ほんの数十センチメートル。手を伸ばせば触れられるような距離だ。

「……」

そっと手を伸ばす。いや、差し出すと言った方がいいかもしれない。そのまま黒猫に直接触れるまで手を伸ばしはしなかった。

そこまでを私だけが勝手に詰めてはいけないと思ったから。でも黒猫が、距離を詰めた。鼻先を伸ばして、私の手の匂いをすんすんと嗅ぐ。そして顔の側面を擦《こす》りつけるようにして、私の手をなぞって触れた――。

「あぁ……」

温かかった。

柔らかかった。

手の感触を通すと、さっきまでとはまた別の何かが、私の体の中にも流れ込んでくるような気がした。

この温かさはなんだろう。命の温かさというものだろうか。そして黒猫が私のことを受け入れてくれたことが何よりも私の心を満たしてくれていた。

そのまま黒猫は、私に体を預けてくれた。私が頭を撫《な》でて、それから顎《あご》の下を擦ってあげると、気持ち良さそうな顔をした。

そんな今までになかった黒猫の表情を見て、思わず私は涙をこぼしてしまった。

色んな感情が混ざって溢《あふ》れ出してきた感じだ。

雨の音に、黒猫の喉《のど》を鳴らすごろごろという音が混じる。

温かくて柔らかな、私の好きな夜の音だった——。

○

「夜みたいな猫ね」

私が一緒に連れてきた黒猫を見て、真里さんは開口一番そう言った。確かにそうかもしれない。真っ黒なその姿は夜みたいだった。

「だから、私にぴったりなのかもしれません」

性格的な意味でも、物理的な意味でもそう思った。黒猫はコインランドリーを出てからは今までとはまるで別人、いや別猫みたいに、私にぴったりとくっついてきて膝元におさまっている。

「それでどうしてこんな状況になったのかしら」

真里さんからしたら、以前に話こそしていたけれど、私が突然黒猫と一緒にここまでやってきた理由がわからなかったのだろう。それも当たり前のことだった。

「話せば長くなるんですけど……」

「好きなだけ長々と喋っていいわ」

さっきまで真里さんと仲良くカウンター席で話していた男性も帰ってしまったので、お客さんは私一人だった。というか「猫を連れて行ってもいいですか？」と事前に聞いておいたから、貸切のようにしてくれたのだ。それまでの時間は、あの男性と二人でこの店にいたのだろう。そして今は私と二人。今までのことを含めて、色んな話をするにはうってつけの夜だった。

私はそこで、今までのことをつらつらと話した。多少はこれまでに真里さんに話したことも混ざっていたけど、それに加えて会社の陰口のこととか、強がって明かしてこなかったことも話したのだ。もちろん、これからの黒猫との過ごし方も含めて。

「というわけで、この黒猫のことも連れて帰ろうと思っているんですけど……」

「なに、思っているって。はっきり宣言した方がいいわよ」

「いや、やっぱり生き物を飼うって責任がちゃんと必要じゃないですか。この子は前にもひどい目に遭ったわけだし、こんな簡単な成り行きで私が飼っていいのかなって……」

そこで真里さんは、首を横に振った。

「今日の成り行きは簡単だったかもしれないけれど、今日という日まで来るのは簡単じゃなかったでしょ。ずっと成美ちゃんはその黒猫のことをちゃんと考えていたじゃない。まるで自分の飼い猫みたいにさ。それに今はその子の表情が全てだと思うわ。もう安心しきっているじゃない。野良猫になんてとてもじゃないけど見えないくらいに」

真里さんにそう言われて、黒猫の顔を覗《のぞ》き込む。

確かに今は野性の気配なんて、これっぽっちも感じられなかった。

「そう、なのかな……」

真里さんにも聞こえないくらいの小さな声で、膝元の黒猫に向かって呟く。今のこの子を見つめていると、確かに迷いは吹き飛んでいく気がする。私はもちろん最初から受け入れる気でいたけど、一番迷っていたのは黒猫自身がどう思ってくれているかということだ。でも真里さんもそう言ってくれているのならいいのだろうか。そして今のこの子の表情が、全ての答えな気がした――。

「でもね、私はまだ安心していないことがあるわよ」

「えっ？」

真里さんが人差し指を立てて少し怒ったような口調で言った。

「会社のことよ。そんなしょうもない仲間外れの嫌がらせなんてありえないわ。私が残っていれば、説教喰らわせたんだけどなあ」

「あぁ、それは……」

確かにそっちの問題は解決したわけではなかった。でも気持ちとしてはもうずいぶん楽になっている。というかすっかり忘れていた。

これも今は黒猫がそばにいて、温かさを分けてくれているからだろうか。これからは嫌いな存在のことよりも、好きな存在のことをもっと考えていたいと思った。黒猫のことを考えている間は、私はいつも心穏やかにいられたから。

しかしそこで真里さんが、思ってもみなかった解決方法を提案した。

「もう会社辞めちゃえばいいんじゃない？」

「えっ？」

さっきよりも大きな声が出た。

そして、その後に続いた言葉も、全く想像していなかったものだった。

「それでもう私と一緒にこの店で働けばいいんじゃない？」

「へっ？」

「成美ちゃんは私と同じ夜行性だし悪くないと思うのよね。誰かを貶《おとし》めるようなことは絶対しないし、人と人の距離感をちゃんとわかってるから」

「そう、ですかね……。あんまりガヤガヤしているのが得意ではないだけかもしれませんけど……」

「それがこの夜カフェにはぴったりなのよ。人で賑《にぎ》わう昼カフェだったら成美ちゃんを誘ってないわ」

「はっきり言いますね」

「はっきり言うわよ、そんなところを見抜いたからこそ、お店始めるのも成美ちゃんだけには話したところあるし、他に変に言いふらす相手も居なそうだしさ」

その物言いに腹が立つどころか、思わず笑いそうになってしまったけれど、これだけすぱっと言ってくれるのが、真里さんのいいところであり、口にする言葉は嘘《うそ》ではないという証明でもあった。

「まあそう誘ってもらえるのは嬉しいですけど……、新しく人を雇う余裕なんてこの店にないんじゃないですか？　そんなに儲《もう》かってはいないと思うし」

「成美ちゃんも結構はっきり言うわね」

さっきのお返しをしたわけではないけれど、その言葉は的を射ていたみたいだ。

真里さんがほんの少し悩むような表情になった。

「でもそうよね。私が休みの日だけ代わりに出てもらうか、成美ちゃんが次の仕事を見つけるまでのつなぎぐらいになればいいと思ったんだけど……。誰か芸能人かインフルエンサーがお店の宣伝でもしてくれないと、人を雇う余裕まではできないかしら……、会社の他の連中に頼るのは癪《しゃく》だし……」

なんだか真面目《まじめ》な話になってしまった。私がはっきり言ってしまったせいもあるので慌ててフォローを入れる。

「で、でも常連さんもついてきてますからね。さっきの男の人もそうですよね。前の『絞め落とす』って言ってた女性もそうだけど、何度か見たことのある人が増えてる気がします」

私がそう言うと、意外な言葉が返ってきた。

「ああ、さっきの男が前にバウムクーヘンを差し入れしてくれた人よ」

「えっ、そうだったんですか、教えてくれればちゃんとお礼を言えたのに」

「お礼なんていらないわよ、あんな男に」

「あんな男って、常連さんにそんな言い方だめですよ」

すると今度はさっきよりももっと意外な言葉が返ってきた。

「常連以前にあの男、元旦那《だんな》だから」

「えっ」

「だからそういうことでいいの」

「そういうことでって……」

真里さんが離婚していたのは知っていたけれど、こんな風に元の旦那さんがお店を何度も訪ねてくるような関係性のままでいるとは思わなかった。

驚きの事実を明かされたわけだけれど、真里さんが平然としているから私もなんだか落ち着いた態度で言葉を返してしまう。

「……今でも、仲いいんですね」

「別に良くはないわよ。ただ離婚したおかげでちょうどいい距離感でいられるのかも。元々人として嫌い合っていたわけじゃないから」

その後に真里さんは、懐かしむような顔をしてから、普段よりも柔らかな口調でこう言った。

「私たちは二人ではうまくいられなかったけど、きっと一人と一人ならいい関係でいられるのよ」

○

マルジャーラハを出て、家へと戻ってきた。今日は一人ではなく、黒猫も一緒だ。外にいる間は私にぴったりとくっついていたけど、家の中に入った途端、ひとりでふらふらと探索を始めた。

さっきまではコインランドリー以外の外の環境に、少しは警戒していたのかもしれない。それでも初めて入ったはずの私の部屋の中で、黒猫は想像以上にリラックスしているように見えた。私にとってもその姿は、とても安心できるものだった。

「二人と……」

お風呂に入って、黒猫にも足だけ優しくシャワーをしてあげて、そんな間にも真里さんの言葉を思い出していた。

「一人と一人……」

私は今までずっと、明るく朗らかに一人で生きようと思っていた。私の信条のようなものだ。二人でいることに、どこか窮屈さを感じることがあったのだ。

そう考えると真里さんの言葉は、私のためにあるようにも思えた。

シャワーの後に再び探索を始めた黒猫が、私のもとに戻ってきた。目の前に鎮座している。もしかしたらお腹が空いているのかもしれない。さっきコンビニで買ったばかりのキャットフードを置いてあげると勢いよく食べ始めた。

「よしよし……」

黒猫の頭にそっと触れる。嫌がる素振りなんて一つも見せなかった。穏やかな表情をしてこの時間を楽しんでいるように思える。そしてあっという間に食事を終えてしまった。

「ナァー」

ご飯を食べ終わった後は、黒猫の鳴き声が甘えるようなものに変わった。リラックスしている証拠かもしれない。その声を聞いて、なんだか私もリラックスできる気がした。

首の前側に手を当てると、顎を突き出してそこを撫でてと黒猫が催促してくる。ごろごろと喉を鳴らす柔らかな音が聞こえてきた。

これも私の好きな音だ。

しとしとと降る雨。

ごろごろと喉を鳴らす黒猫。

「……」

一人と一人。

今の私には、その誰かもう一人がいるわけではない。

けれど充分だった。

この一人と一匹の空間が、何よりも大切なものに思えた。

「ひとりとひとり………」

でも、私たちの関係を表すのなら、一人と一匹というよりも、こう言った方がいいだろうか。

「──いちたすいち、だね」

私の『一』と、黒猫の『一』。

このまま『二』になる必要なんてない。

このままいちたすいちの関係でよかった。

私にとって、ひとりとひとりの関係でいられるのが、この子みたいな黒猫のような存在だったのだ。

私は一人で心からリラックスしていられるし、それなのに、寂しさなんて一つも感じなかった。

「あっ」

その時、あることを思い出した。

というか、まだ決めていなかったことがあった。

「名前、どうしようかな……」

小さな夜みたいなこの子の名前を、まだ何も決めていなかったのだ。

黒猫が、私のことを見つめている。自分の名前がどうなるのか気になっているのかもしれない。

「うーん、悩むなあ……」

呟きつつも、自分が全然悩んでいないような笑顔になっているのに気づいて、一人で笑ってしまった。

まさに今、私は明るく朗らかに過ごしている。

そして私はその日、新しく一緒に暮らし始めた黒猫の名前を考えるという幸せな悩みの中で、久しぶりにぐっすりと眠ることができた——。

「――こんばんは、ＤＪコトーです。さあ、今日のお悩み相談一つ目のお便りを読ませてもらいます。このコーナーにしては珍しくほっこりするというか、もはや私からしたら羨《うらや》ましいくらいの悩みですよ。えー、千葉県にお住まいの『コインランドリーの住人さん』からです。――最近猫を飼い始めることになりました。雨の日の夜に出会った黒猫です。ですがまだ名前が決まっていません。何か良い名前はないでしょうか、とのことです。いいですねえ、猫！　雨の日の夜なんてドラマのような出会いですね。でもそうですね、名前ということで、私の頭の中に今ぱっと浮かんだのは――、オスならマルジャーラハってどうですか？　といってもこれ私の行きつけのカフェの名前なんですけどね、ちなみに私は窓際の席に座って、夜だけど濃いめのコーヒーをブラックで飲むのが好きで……、って、これ言わない方が良かったかな。まあでも、お客さんがもっと来て欲しいとか店主さんも言ってたし大丈夫かな。大丈夫のはずですよね。まあとにかくマルジャーラハって一度聞いただけだと、おいしそうなインドカレー屋さんの名前かと思うかもしれませんけど、実はサンスクリット語でオス猫って意味で――」

標野凪

# 猫のヒゲ

## 標野凪（しめの・なぎ）

1968年、静岡県浜松市生まれ。2018年、第1回おいしい文学賞で最終候補となった作品を含む『終電前のちょいごはん　薬院文月のみかづきレシピ』にて、19年にデビュー。著書に、「終電前のちょいごはん」「喫茶ドードー」「伝言猫」の各シリーズのほか、『本のない、絵本屋クッタラ　おいしいスープ、置いてます。』『ネコシェフと海辺のお店』『桜の木が見守るキャフェ』などがある。最新刊は『冬眠族の棲む穴』。

ねえ、見て。猫っておヒゲがいっぱいあるんだね。一本、二本、三本、四本。あ、せっかく数えてたのに。ぷいって向こうに行っちゃったよ。

猫はね、ヒゲを触られるのが嫌なのよ。

そうなの？　なんで？

ヒゲは猫にとってはアンテナみたいなものなの。

アンテナってテレビやラジオにあるやつ？　けどエリマキトカゲの襟《えり》みたいなパラボラはないから、衛星放送は受信できないよね。

あはは、それは無理かしらね。でも、猫はヒゲを使って、距離を測ったり、気配を探ったりするのよ。

へえ、だからあんなに高いところまでひとっとびできちゃうんだね。

そうよ。それにほら、どうしてこんな狭いところに？　っていうような隙間《すきま》に入ったりするでしょ。それもヒゲでちゃーんと計算しているんだから。

え、でもたまに、失敗もするよ。

そりゃあ、誰にだって失敗はつきものよ。

＊

床とカーテンのわずかな隙間から、白とグレーの縞《しま》模様の尻尾《しっぽ》の先だけが、はみ出していた。

「シマ子《こ》」

声をかけると、その細長い尻尾がぷるんと揺れた。葛《かずら》は思わず笑みを漏らす。目尻に深く入った無数の皺《しわ》が、くっきりと浮かび上がった。

「シマ子、シマ子」

ぷるん。ぷるん。

葛の掠《かす》れた声に相槌《あいづち》を打つかのように、尻尾は規則正しく左右に動く。やがてにゃあ、と気の抜けた声とともに、カーテンの脇から丸い白い顔を覗《のぞ》かせた。

「こっち。いらっしゃいな」

葛が正座をした膝をポンと叩《たた》くと、のっそりと歩み寄ってきて、骨張った脛《すね》に頭を擦《す》り寄せる。膝に乗ると、からだを丸め、長い毛に覆われた腹に顔を埋《うず》めた。耳の裏を撫《な》でると、くうー、と寝言のような甘えた声を出し、目を閉じた。

じんわりとした温もりに、葛もあくびを漏らす。カーテン越しに穏やかな午後の日が差していた。

盆、正月にしか顔を出さない娘が、珍しく連休でもないごく普通の週末にちょっと立ち寄るから、と電話をよこしてきたのは、一年くらい前、いやもう少し前になるだろうか。夫婦喧嘩《げんか》でもしたのか、と勘ぐりながらも、どことなく浮き立っている自分がいた。

「夕飯、食べていくからよろしくね」

全く。あなたの飯炊きババアじゃないんだから、面倒なこと言うわねえ、と葛は軽口を叩き、娘専属の料理担当か、案外それも悪くないな、だって彼女を育てていた時分は、それが自らの当然の責務だったのだから、といそいそと買い物にでかけた。おふくろの味が嬉《うれ》しいだろうと、煮物をこしらえながら、喧嘩をして家に居づらいのなら、しばらくここにいたら、と提案してみようか、とそんなことまで考えた。

ただ、実際にやってきた娘は、これお土産《みやげ》、といつ行ったのか夫と小旅行をしたときに買ったという木彫りのアクセサリーを差し出したあと、旅先の写真をスマホをいじって、楽しげに見せてきた。なんだ、夫婦仲はちっとも悪くないのか、といくぶん落胆している葛に、彼女が唐突にこんなことを言い出した。

「お母さん、猫飼わない？」

がんもの含め煮を、美味《おい》しい、美味しいと口に運んでいた娘が、これが利いているね、と仕上げに散らした柚子《ゆず》の皮を箸《はし》で摘《つま》み上げたまま、何気ないふうを装った。

「猫？」

「うちの近所の動物病院でね、保護されたんだって」

娘夫婦には子どもがいない。結婚当初は、早く欲しい、と口にしていたのだから、子どもをつくる意思はあったろう。

葛は子どもを育てると同時に母親である自分も成長した、と実感を持って断言できる。それだけに子育ては一人前の大人になるためにも必要だ、と強く思っている。産むのにはリミットがあるのだから、と急かしたくもなるけれども、そんな助言を頑固な娘が聞き入れるはずもない。だから子どもがいる喜びや持つ幸せだけを、折に触れ、伝えるようにしてきたつもりだ。

自分がどんなにか子育てに生きがいを感じていたか。それがいかに人生を豊かにし、満たされることか。そうやって娘を孕《みごも》った日の感動とともに話すたび、葛自身もうっとりするような甘美な心地に包まれるのだった。

朗報はまだかまだか、と首を長くしているうち、月日は瞬く間に流れた。結婚して二十年あまり、五十歳を超えた娘夫婦に、いまさら子宝を望んでも仕方ない。おそらく、夫婦のうちのどちらかの体質か、相性か、いずれにせよ授かりものなのだから、そこを何やかやと詮索するつもりはない。

ただ、このふたりは、先々どうするのだろう、と思ったりもする。あと数年でどちらも定年を迎えるはずだ。暮らしているマンションのローンはいつまで払い続けるのか。相手に先立たれたあと、老後はどうするつもりだろうか。ひとりで高齢者施設に入居するのか。共働きとはいえ、そんな余裕があるのだろうか。その頃には老《ろう》朽化《きゅうか》しているであろう中古のマンションに値が付くとも思えない。それに相手は次男だ。墓はどこに入るのか。余計な気苦労なのは承知ながら、ひとつひとつが心配になる。

子どもの代わりに、と夫婦でペットでも飼おうとしているのか、娘は通りがかりに見かけた動物病院の貼り紙のことを話す。保護猫を引き取って、新しい飼い主を探す活動をしているその病院では、保護された猫の情報が、通りに面したガラス窓に掲示されているのだ、と説明する。

「その猫ね、元々の飼い主が結婚することになって、新居では飼えないからって動物病院に預けてきたんだって」

同棲《どうせい》していた若いカップルが猫を飼っていた。猫好きなのはどちらかといえば男性のほうだったけれど、男性だけが出ていく形で関係が解消した。女性と猫が残された。そのまま女性が飼っていたが、新しくできたパートナーは猫が好きではなく、結婚を機に越す部屋も、ペットは飼えないのだという。

「気分のままに飼うなんて無責任だよね。飼い主の恋愛事情に振り回されるのも酷《ひど》い話。かわいそうだと思わない？」

動物病院のスタッフから仕入れたという情報に、娘は口を尖《とが》らす。憤慨する彼女に、

「だからってなんで私が飼うのよ？　そんなに気の毒に思うんなら、あなたたちが飼えばいいじゃない」

そう口にして葛はたと思う。動物を飼ったら家を空けづらくなる。実家に立ち寄る機会を減らすような提案だ、と慌てて打ち消そうとすると、

「うちは無理。あの人、猫アレルギーなの」

と、娘が手を顔の前に持ってきて左右に振った。

なるほど。娘の夫は痩せ型で、どことなく繊細そうに感じていたが、動物アレルギーと不妊は何かしら関係があるような気がして、葛は妙に納得してしまう。もちろん根拠はなく、ただ子どもができなかったのは娘のせいではない、と自分を納得させたいだけだ。

「ねえ、お母さん、飼ったら？」

娘がにっこりする。その笑顔がよそよそしく、葛はぞっとする。

「嫌よ。動物の世話なんて無理に決まっているでしょ。だいたい猫が天寿を全うする前に、私がこの世から消えちゃうわ」

飼ったことがないから、猫の寿命がどのくらいなのかはわからない。にしても年寄りが飼ったペットが残されたあと、娘夫婦が飼うことができないのなら、それこそ無責任ではないか。

「ところがね、その猫、かなりの老猫なんだって。人間に換算すると、御年八十。なんとお母さんと同い年。これってご縁だと思わない？」

保護された猫と聞いて、すぐに子猫を思い浮かべていただけに、へえ、そうなの、と思わず口にしてしまっていた。追い討ちをかけるように、娘が口早に言う。

「もしお母さんが飼わなかったら、その猫、保健所に連れていかれちゃうかもしれないんだよ。命を救うと思ってさあ」

懇願するように手を合わせた。


十年ほど前に葛は夫に先立たれた。無口な夫ではあったけれど、亡くなってからしばらくは、朝夕に言葉を交わす相手がないことに物足りなさを覚えた。

それでも次第にひとりの暮らしに慣れてくると、全ての時間が自分の自由になる軽やかさに、なんて気楽なんだろう、と思えるようになった。

好きなものを食べ、適当な時間に寝て、観たい番組にチャンネルを合わせる。知り合いからたまに贅沢《ぜいたく》なランチに誘われても、気兼ねなく出かけられる。

余裕があるほどではなくとも、ひとりで生活するには不自由ない程度の蓄えもあった。夫に隠れてこそこそへそくりを貯める必要もないし、出かけた先からの帰り時間を気にする必要もない。

同じように連れ合いに先立たれた者同士で旅行にも行った。かつては夫の入浴中や留守を狙ってかけていたが、いまはあちこちの友だちと存分に長電話ができる。

自分が年を取ることは、もちろんわかっていた。だから足腰の自由が利くうちに、と積極的に出歩いたし、誘われれば芝居やコンサート鑑賞にも厭《いと》わず参加した。趣味の合う友人とは買い物に行き、療養中の夫がいる友人とは、彼女の夫がリハビリテーションに行っている間に待ち合わせて「密会」するのが楽しみでもあった。葛よりも下の世代の友だちになるとフットワークも軽く、通りがかりだと言って、葛の家まで車で乗り付けては、季節の野菜や果物を土産に持ってきてくれたりした。

ただ、自分が老いると同時に、まわりも年を重ねていくのだ、ということにまで思いが至っていなかった。まわりは変わらない、そう思い込んでいたとは、考えなしにも程がある。けれども人間は自分の都合のいいように考えるくせがある。

娘の住むマンションは電車をふたつほど乗り継いだ先にある。

ドア・ツー・ドアで約一時間ほどかかるそのマンションへは、まだ夫が健在だった頃に、葛も一度だけ訪れたことがある。

慣れない路線を乗り継いで改札を出ると、娘夫婦が手を振って出迎えた。

「ようこそー」

娘が弾けんばかりに笑い、荷物持ちますよ、と彼女の夫が細い腕を伸ばした。

住みたい街ランキングの上位にある、と娘からは自慢げに聞かされていたけれど、駅前の商店街は、ドラッグストアやファストフード店など、どこででも目にする光景が続き、狭い道のわりに車の往来が多く、四人で連れ立って歩く葛たちは、何度もクラクションを鳴らされた。

商店街を抜けると、途端に人通りは減り、今度は殺風景なほどに平坦な道が続いた。いくつかの曲がり角を経て、ようやくマンションに着いた。慣れた調子でオートロックを開けた娘に続き、エレベーターを待つ。

「僕は階段を使いますんで」

と、そそくさと彼女の夫が非常階段へと続く裏口に向かった理由はすぐにわかった。乗り込んだエレベーターは、大人三人でも窮屈なくらいだったからだ。

走って階段を上ってきたのだろう、息を切らした彼が、玄関の戸を開けた。

「狭い家ですけれど、どうぞ」

本人は謙遜《けんそん》のつもりだったろうが、思わず、

「ホントね」

と、口をついて出てしまったほど、これは一人暮らし用なのでは、と勘ぐりたくなる狭さだった。葛の言葉に被せるように夫が、

「いい部屋じゃないか」

とお世辞を口にした。娘には葛の嫌みが耳に入らなかったのか、素敵でしょ、なかなかの高倍率だったんだから、と胸を張った。

「おかげでローンもたんまり。お互いしっかり働かなきゃね」

と、隣に立つ痩せた男の肩を叩いた。人気の地区だか知らないが、駅からも遠く、驚くほどに狭いこの部屋に、高額なローンを払うのか、と唖然《あぜん》とした。ベッドルーム以外にある唯一の部屋は、四人でいると息苦しさを感じるほどで、早々に引き揚げた。また来たい、とは思えなかったし、実際、それ以降、行く機会もなかった。

シマ子は気持ちよく晴れた日に、布製のキャリーバッグに入って葛のもとにやってきた。娘が動物病院で引き取り、そのまま電車に乗せてきたようだ。

「この子、電車内でもおとなしくしていたんだよ。心配になってキャリーの窓を覗くと、すーすーと寝息を立てているんだもん。なかなか大物だよ」

猫は家に付く、と聞く。車や電車の移動も苦手なはずだ。特に老猫になってからの引っ越しは難儀なはずなのに、観念したのか、あるいは達観していたのか、シマ子は葛の家に着いて、娘がキャリーバッグのファスナーを開けると、迷うことなく顔をひょっこり出した。あたりの気配を窺《うかが》うと、よっこらしょ、と言わんばかりにバッグから脚を出した。

老猫だからか、おっとりとした動きで、目のまわりは目やにがこびり付き、毛並みも悪い。しばらく家の中をあちこち徘徊《はいかい》していたが、安心したのか、カーテン脇に居場所を定め、全身を弛緩《しかん》させた。

数日はどこかに隠れて、姿を見せないのではないか、と想像していただけに、あまりの悠長さに葛は拍子抜けした。

「名前、どうするの？」

そう娘に訊《き》かれるまで、葛はこの猫に名前をつけることなど考えていなかったことに気づく。リビングの片隅で丸くなっている猫にちらりと目をやる。

「シロでいいでしょ」

「シロ？　犬じゃないんだし。それにこの子、白猫じゃないでしょ」

アメショーみたいな柄だよね、雑種だろうけど、などと言いながら、娘は自分が連れてきたばかりの猫に用心深く近寄ると、人差し指を狭い額に這《は》わせた。人懐っこいよ、とくすぐったそうに笑った。

白っぽい猫かと思っていたけれど、よく見れば、白いのは顔だけで、確かに胴《どう》には濃いグレーの縞模様があった。

「じゃあシマ」

じゃあ、って、と娘が呆《あき》れたように呟《つぶや》き、女の子なんだよ、もっと可愛《かわい》い名前付けてあげてよ、と訴えた。そんなことで大袈裟《おおげさ》な、と思うのに、せつなげに眉を寄せた。

「前の名前があるはずでしょ。それでいいんじゃない？」

飼い主が変わったからといって、名前まで変える必要はなかろう。当の猫だって、慣れた名前で呼ばれたほうがいいはずだ。葛が貰《もら》い受ける前の呼び名を訊くと、娘は首を振る。

「元々の飼い主って人、病院の受付カウンターに預けると、逃げるように帰っちゃったんだって。年齢も病院での見立てだし、名前も聞いていないんだって。だからお母さんが付けてあげてよ」

促され、シマ子、と名付けた。

もっと考えて付けてあげればよかった、といまなら思う。娘が言うから仕方なく引き取ったまでのことだ。実際そうだった。

けれどもそのときの葛は、猫を飼うことに、まるで乗り気ではなかった。餌《えさ》の量やグルーミングの方法など、一通りの説明を終えた娘が家を去ると、途端に葛は不安になった。彼女が選び、置いていった猫用の皿やトイレが、葛の部屋で見慣れぬ光景を作っていた。

いったいどうやってこの老猫と暮らせばいいのか。相変わらず、所在なげに佇《たたず》む姿をしばらく遠巻きに観察していたが、洗い物が溜まったシンクのほうが気になった。蛇口を捻《ひね》ると、あたりに水の音が響いて、思考が紛れた。

ふと、足首のあたりに何かの感触を覚える。シマ子が葛を見上げていた。いつの間に寄ってきたのか。葛と目が合うと、そのまま足元で横に転がり、でっぷりとした真っ白い腹を見せた。

「シマ子……」

おそるおそる小声で呼んでみる。

にゃあ。

ひし形に開いた口の中は、淡い桃色だった。

「シマ子」

「にゃあ」

「シマ子」

「にゃあ」

飽きずに繰り返した。頬《ほお》が綻《ほころ》ぶ感覚は久しぶりだった。

シマ子が来てからというもの、娘は責任感からなのか、頻繁とまではいえなくとも、盆、正月以外にも顔を出すようになった。猫の顎《あご》を撫でる娘を見ながら、ここで暮らすことを考えてはみないか、と何度も口にしようとした。

あんな狭苦しい部屋で、ローンを払いながら暮らす必要などあるのだろうか。実家に戻れば、お金の心配もない。相手が嫌がるのならいっそいまのうちに夫婦関係を解消すればいい。

働き盛りの間だけ、好きな相手と生活を共にした、それでいいのではないか。そうすれば猫アレルギーがあるという夫の心配などする必要もなく、シマ子を可愛がれるではないか。

他界した彼女の父親だって、ここに娘が戻ってきて、やがては同じ墓に入るのならば、喜ぶに違いない。また家族だけで暮らせる、シマ子が我々をまたひとつにしてくれるきっかけをくれた、そんなことを期待せずにいられなかった。

けれども、じゃあね、と背を向ける娘に、葛は気をつけてね、と声をかけるだけだった。葛のたっての願いを拒否されるだけではなく、余計なことを言ったばかりに、せっかくシマ子のおかげで多少は足繁くなったというのに、これまで以上に家に寄り付かなくなる、それが怖かった。

シマ子は、体勢が不安定だったのか、いったん葛の膝の上で立ち上がって、背を高くし、逆U字形を作る。ふう、と長い息を吐いたかと思うと、再び膝にからだを預け、頭を膝に残したまま脚を垂らした。

葛は思わずその細い脚の一本をそっと握る。少し力を込めて甲を押すと、指先から半透明な爪がにょきっと顔を出した。

「そろそろ爪、切りましょうかね」

けれどもあまりに幸せそうに全身を葛に委《ゆだ》ねている姿を見ると、居間のチェストまで爪切りを取りに立つのが憚《はばか》られた。

葛の家に引き取られる前、シマ子はひと通りの検査や爪切りを保護された病院で済ませてきていた。

「爪が伸びすぎて、指の肉球に食い込んでいたんだって」

担当した獣医師に聞いたのだけど、と娘はそんなことを言っていた。以前の飼い主が爪切りを怠《おこた》っていたせいらしい。

猫は爪とぎをして、層になった鞘《さや》を剝《は》がしていく。けれども老猫になると、爪とぎの回数が減り、爪が伸びすぎてしまう。定期的なケアは欠かせない。

「ひどいよね」

虐待、という尖った言葉を用いて、娘がシマ子の過去を話す。もちろん元飼い主が直接危害を与えたわけではない。けれども、面倒もみずに、ただほったらかしているのならば、それは虐待だ。

痩せてはいなかったから、餌を与えられてはいただろう。けれども思えば当時は不健康な太りかたをしていた。きっと安価な量産品を適当に与えていたのだろう。葛のもとに来た当初はパサつき、ごわついていた白とグレーの毛も、いまではすっかり艶《つや》を帯びている。

専門店や動物病院に頼らずとも、最寄りのスーパーのペットフード売り場ですら、数種類のキャットフードが置かれている。シマ子は好みが一貫しておらず、気に入ったフードでも、しばらく同じものを与えていると、突然口にしなくなる。老猫用のフードは味が淡白なのか飽きやすく、葛はそのたびに、売り場であれこれと頭を悩ます。

味はともかく、シマ子はドライフードの中でも小粒のものを喜んで口にする。だから、粒が大きいフードを選んだ場合には、細かく砕いてから食べさせるようにしている。

　ドライフードだけでなく、パウチに入ったウエットフードも与える。電子レンジでほんの少し温めると、やわらかくなって食べやすいだけでなく、香りがたって味覚をそそるのか、夏場のあまり食欲のないときにも、よく食べてくれる。

　こうした習慣はネコの飼育書を読んだり、動物病院で指導を受けたりして覚えたわけではない。かつての育児経験が活きているのだ。子どもを育てたときのように、彼女がどうすれば食欲が湧くか、食べやすいか、それを慮《おもんぱか》ることなど容易《たやす》いことだ。だから娘も子どもを持つべきだったのだ、と、そんな苦言がどうしても頭を擡《もた》げてしまう。

　葛がいつものように、電子レンジにかけ、皿のドライフードをスプーンの背で砕いていると、のっそりとシマ子が寄ってくる。

「シマ子はおりこうさんね」

　目を細めて葛を見上げ、徐《おもむろ》に皿に口を近づけた。すぐに、カリカリと軽快な音が聞こえてきた。

「苦労してきたせいかな。聞き分けがいいのは」

　感心するが、でも、多少はわがままを言ってくれてもいいんだよ、とも思う。苦労してきた分、葛の前では甘えて欲しい、そんなことを願う。

――虐待、か。

葛は娘が口にした言葉を漏らした。そして思いを致す。

バスに乗ると、席を譲られるようになったのは、いつの頃からだろうか。最初はぎょっとした見ず知らずの他人からの「親切」も、いまではありがたいと思えるようになってしまっていた。

夏の名残《なごり》のあったあの日も、葛は迷うことなく、譲られた席に座って、窓の外を見るともなしに眺めていた。

最初は夏風邪か、とたいして気にもしていなかった喉《のど》の違和感がなかなか治らず、もしかして感染症か、あるいは重篤な病なのでは、と気になりはじめると不安になり、地域でもわりと大きな病院にこわごわ足を運んだ。

受付の女性は、親身に症状を聞いてくれたが、診察した若い医師は、聴診器を当て、喉を覗いただけで、

「炎症ですね。うがい薬を出しておきますから」

と言うと、もうこちらへは目も向けなかった。

「検査はしなくていいんですか?」

感染症はさまざまな症状があって、自己判断が難しい、と聞いていた。葛が尋ね

ると、ちらっと顔を動かし、

「まあ、どうしてもやりたいっていうのでしたら。でも、おそらくは異常なしですよ」

と仏頂面をしたあと、面と向かって言うのがさすがに憚られたのか、カルテに目を戻し、

「年齢的なものです。おそらくは」

と、最後は言葉を濁《にご》した。つまり、年のせい。この年では多少のことは仕方ない、諦《あきら》めてください、と言わんばかりのあしらいように、葛は怒りすら覚えなかった。

もう用無しってこと、か。

直接手を下さなくとも、それはひとつの虐待――。他人に相手にされないことがこんなにも虚しいものだと、その立場にならなければわからなかった。

「次は○○」

葛の降車するバス停がアナウンスされていた。けれども、降車用のボタンに手を伸ばす気にならない。このままどこか見知らぬ地へ行って、迷子にでもなって、行方《ゆくえ》知れずになったとしたら、どうなるだろうか。娘は心配するだろうか。心配だから一緒に暮らそう、と思ってくれるだろうか。そんな思い描く理想が頭を掠める。

ぼんやりと考えを巡らせているうちに、別の乗客がボタンを押したのか、バスは

停留所で止まった。仕方なく、葛もバスを降りた。

とぼとぼと家へ向かう道には、強い日差しが照り付けていた。頭だけが冷静だった。おそらく、見知らぬ場所に行ったとしても、ただ単に徘徊老人と呼ばれるだけだ。娘は同居などせず、施設への入居手続きを進めるまでのことだ。

家に帰っても、何も手につかない。ぼんやりとしていると、いつの間にか外が暗くなっていて、自分はいったい何をやっているのだ、と首を振った。バッグに入れっぱなしだったスマホを取り出す。

ガラケーのままで構わない、と言ったのに、スマホでしかできないこともあるんだから、と、無理やり、娘に携帯ショップに連れていかれた。一番簡単な、と選んだ機種ではあるが、だとしてもいろいろな機能があるであろうその機械を使いこなせるはずもなく、結局、葛は電話を受けたり、かけたりすることにしか使っていない。

手にしたスマホはひんやりとしていた。一日中バッグの中で眠っていたのか、と思うほどに、すん、としていた。誰からも着信はなく、だからか一日一回は充電をするように、と娘からはしつこく言われているにもかかわらず、充電もたっぷり残っていた。

スマホの無機質な照明が、葛の顔を照らす。電話帳と書かれたマークを押す。亡くなった人や、施設に入った人……。数年前までは頻繁に行き来していた名前も、いまではすっかり疎遠になっている。

指を滑らしているうちに、その懐かしい名前に電話がかかってしまっていた。葛は慌てて切ろうとしたけれど、うまく操作できずにいるうちに、

「もしもし」

と若い女性の声が電話口から聞こえてきた。

「いまね、スマホをいじっていたらかかっちゃって……」

あたふたと言い訳をする葛に、親しげに弾んだ声が届く。

「葛さん？　わあ、お久しぶりです」

その相手とは家族ぐるみの付き合いがあった。彼女には、うちの娘よりも何歳か年上の娘がひとりいた。電話に出たのはその娘のようだ。

「お母さんはお元気？」

通り一遍の挨拶《あいさつ》をすると、

「母はもう電話では話せないんです。認知症が進んじゃって。誰のこともわからないんですよ」

と、淡々とそんなことを言った。

「そうなの？　じゃあ施設かどこかに？」

「いえ、自宅にいますよ。でも電話はもう……」

かけないで欲しい、そう言われているのだろう。

「ごめんなさいね」

お母さんによろしく、と言おうとし、それもわからないのだろうか、と思うと虚しくなった。明るい人だった。たった数年で、古い友だちのことまでわからなくなるものだろうか。思い過ごしか、あるいは、単に年齢による物忘れだというのに、娘だけに大袈裟に捉えているのではないだろうか。そんなことを窘《たしな》めても、軽くあしらわれるだけだ。

淋《さみ》しいな……。

自分がそんな感情を持つようになるとはついぞ思ってもいなかった。たくさんいた友人も、いつの間にか自分から離れていった。もちろん葛のせいではないし、葛を避けているわけではない。互いに年を取った、ただそういうことだけれど。

若いと思っていた年下の友人たちですら、いつしか高齢者と呼ばれるようになっていた。運転免許証の更新時期が来ると、彼女らは免許を返上し、車を手放すようになった。

路線バスだけでなく、地域が運営しているコミュニティバスもそれなりの数が出ているし、タクシーを呼んでも中心部まで行くだけなら、たいした出費でもない。そうした公共交通機関を使えば、生活に困ることはない。けれども、「通りがかり」の寄り道は、予定を立ててからでなければ実現しない。夫や子どもが送迎をしてくれる家庭でも、「ついでにあそこに寄って」とはなかなか言い出しづらい。

自由がどんどん奪われていく。少し前までは考えずにできたことが、ひとつひとつ手順が必要になる。できていたことができなくなっていく。先のことを思うと、恐怖にぶるっと身震いした。

どこからかカサコソと音がし、見ると、カーテンの隙間でシマ子が一心不乱に格闘していた。

「どうしたの?」

虫でもいたのだろうか、と勘ぐったが、何のことはない、カーテンのタッセルが外れて落ちていただけだ。その紐状の房が、シマ子が夢中になるおもちゃだったのだ。

スーパーのペット売り場には、猫や犬用のおもちゃも売られている。ピンクや緑の蛍光色のモールでできたねこじゃらしや、ネズミを模したぬいぐるみが紐の先に付いたスティックを、試しに買ってみたこともあるが、シマ子は多少興味は示すものの、すぐ飽きてしまう。

老猫は、おもちゃなんかで遊んだりしないんだな、ゆっくりからだを休めたいのだろう。そう思っていた。

「こんなものが楽しいのねえ」

葛が床のタッセルを持ち上げると、鼻を膨らませて、じゃれついてきた。いつもはしょぼついている目が輝いている。タッセルを揺らすと、二本の前脚を交互に上下させ、器用に弄《もてあそ》んだ。自分の手元で夢中になるシマ子を、葛もまた、飽きることなく遊ばせた。


税金の支払いは、自動引き落としが便利なのはわかっているが、葛は、現金のやり取りをしないと安心できない。忙しそうな娘に頼んでも嫌な顔をされるだけだ。コンビニでも払えるのだろうけれど、最近のコンビニは、セルフレジばかりが並んでいる。不慣れな機械で悪戦苦闘するよりも、役所に行ったほうが早い、と出向いた。今朝《けさ》のことだ。

窓口で書類を見せると、

「これは……ですね」

とカッターシャツ姿の男性職員が言うが、声がくぐもっていてよく聞き取れない。

「え？」

耳に手をやると、今度はいやに大きな声で、

「三階、に、行って、く、だ、さ、い」

とひとつずつ言葉を切りながら言った。老眼鏡なしでは、スーパーの値札すら見えない。耳も遠くなった。でも、こんなふうに嫌みっぽく扱わなくてもいいではないか。どうせ何もできないおばあさんだ、とバカにされているんだ。

支払い期限が迫っているせいか、エレベーターで運ばれた先の三階ロビーは混み合っていた。受付を済ませ、待合の椅子《いす》で、名前が呼ばれるのを待つ。入り口に設置された電光掲示版に受付番号が並ぶ。自分の番はまだ十人近く先だ。

葛は手持ち無沙汰に、ラックの雑誌を手に取る。グラビアページでは、白髪の女性が手入れの行き届いた広い庭を前に立っていた。

〈九十代のひとり暮らし〉

そんなタイトルが付けられていた。〈朝の日差しを浴び、楽しい一日がはじまる〉と、笑顔の老女のまわりを文字が躍っていた。

こうした特集を組んだ雑誌や、高齢者の生き方を指南した本やテレビ番組があることは知っている。高齢女性ばかりが登場する本を、娘が何冊も買ってきたこともある。

「お母さんもこういう人たちを見習ってがんばって」

そんなことを言って、本人は発破をかけたつもりだろうが、他人は他人。葛はそんな本を読んだからといって、何かを変えようとは思わなかった。むしろいい年をして、悪あがきをしているようで、本人は恥ずかしくないのか、家族は嫌がらないのか、とすら思えた。

年を取ったら、相応に誰にも迷惑をかけずに静かに生きること。もしそれができなくなったのなら、この世からは引退すべきではないか、葛は最近、そんなことばかりを思う。

——がんばって。

いったい何をがんばればいいのだ。これまで懸命に生きてきたではないか。夫に尽くし、娘を育て、友だちをもてなし、もりたて。それは報われない努力だったのだろうか。

いたたまれなくなって、すがるようにスマホを握る。見知った名をタップするも、呼び出し音は鳴るのに電話を取る気配がない。あとでかけ直してくれるだろう、と期待しても、かかってくることがない。こんなことも日常的になった。

いつしか人々が自分を遠ざけるようになったことに、気づかないふりを続けるのも、もう疲れてきた。

シマ子は、夜は葛のベッドに潜り込んでくるけれど、昼間はソファの上で過ごすのが好きだ。

タッセルで遊び疲れたのか、いまもそのお気に入りの場所で丸くなっている。ゆっくりと上下するからだの動きが、穏やかな寝息の気配を伝えていた。葛が手のひらをのせると、蓋《ふた》をするように後頭部がすっぽりと収まった。

「ちっちゃな頭ね。かわいいシマ子」

弧を描く手は皺だらけで、あちらこちらに小さな染みがあった。シマ子は、私を見捨てないだろうか。嫌ったりしないだろうか。葛は胸の奥がきゅっと縮んだ。小さく息を吐くと、シマ子は瞑《つむ》っていた目を細く開け、葛を見た。いったん上げた顔を再び腹の中ほどに埋めた。

上下動を再開させたシマ子から床に目を移すと、ソファの真下に細い糸屑《いとくず》のようなものが落ちていた。

「なんだろう」

淡いベージュ色のクッションフロアに細い線は、そこだけ鉛筆を走らせたかのように目立っていた。傷か汚れか、と指を動かすと、それが小さく跳ねた。髪の毛のようにも見えるが、ここに黒色の髪が落ちているはずがない。娘はもう何ヶ月も来ていないし、葛の髪はすっかり縮れて白くなっている。

摘み上げると、それは緩いカーブを描いて、ピンと張った。

シマ子のヒゲだ。

葛は拾ったヒゲをシマ子の顔に寄せる。かろうじて覗かせている横顔に目を近づける。頬からは長さの違う無数のヒゲが生えているが、手にしているヒゲはその中でもかなり長いほうだと見受けられる。

「こんなに立派なヒゲが抜けちゃって大丈夫なの？」

大丈夫だよ、と返事をしているのか、葛の心配をよそに、シマ子はふっと力を抜いて、ヒゲを下げてみせた。葛は指の中のヒゲを上下に揺らしたり、先を弾いたりしてみる。一本のヒゲが抜けたからといって、シマ子は気にするでもなく、相変わらず規則正しい上下動をさせている。

捨てるには忍びないほどの立派なヒゲを弄びながら、ああ、これは自分の記憶だ、と葛は思った。たくさんの記憶が猫のヒゲのように、ひとつずつ抜け落ちていくのだ。

娘が彼女の夫と訪れたときのことだから、あれは正月だったろうか。食事の席で、親戚の話題を出した。

「多加《たか》ちゃん、孫が産まれたんだって」

娘の従姉妹《いとこ》、つまり舅からすれば姪《めい》の多加恵《たかえ》は娘と同い年の従姉妹だ。その年で「おばあちゃん」になるのだから驚くだろうに、娘は曖昧《あいまい》な笑みを見せただけだった。


娘の夫が困ったように目を伏せるので、話題が見えずに不安なのかと、

「多加ちゃんっていうのは、この子の従姉妹でね。私の姉の子どもなのよ」

と説明するも、おどおどと目を泳がせ、夫婦で遠慮がちに目を合わせた。子どものいない夫婦には、興味ないことだろうが、あくまで世間話だ。ただ、彼女らの目配せに、ああ、またやっちゃったんだな、と理解した。


おそらくこの話題は前にもしたものなのだろう。前、ではなく、もしかしたらその日も何度も繰り返したのかもしれない。

「それ聞いたよ」

以前だったら、娘はそんな指摘をしたろう。

「もう。何度も同じこと言わないで。ボケちゃ困るんだから」

と無遠慮な言葉もかけてきたはずだ。


よくよく記憶を手繰ると、そういえば、と思い至ることもあった。けれど、いまはもう、こうして曖昧に微笑まれるだけだ。それに、どんなに頭を巡らせても、かつて話題にした覚えがない。多加恵は姉の名前だったかもしれないし、姪の娘が出

産したのは、何年も前だったような気もし、何が正しいかすらわからなくなった。

果たしてシマ子がここに来て、どれくらいになるのだろうか。娘は盆、正月以外にも訪れるようになったのは確かだが、この前来たのはいつなのか、三ヶ月前か、一ヶ月前か、あるいは昨日のことだ、と言われればそんな気もしてくる。

日時の感覚が曖昧になる。不安で頭が混乱する。ひとつひとつ抜け落ちていく。ただただ怖い、そう思った。

猫はヒゲを落としても、また新しいヒゲが生えてくるのか、それともヒゲが全てなくなると寿命を迎えるのだろうか。

娘が猫を飼え、と言ってきたのは、暇を持てあまし、日に日に衰えていく葛を心配してのことだ。自分の猫でもあるまいに、何をそんなに、と懇願する娘の姿に、それほどなのか、と娘に気遣われるまでに老いた自分を惨《みじ》めに思った。

いつまでも半人前だと思っていた娘が、いつしか自分の上位にいた。悔しさは、やがて耐え難いほどのやりきれなさに変わった。子どもなんて持つんじゃなかった。ここまで育ててきた恩を返せとは言わないにせよ、立てられて当然の娘から、こうして哀れむように扱われる。そんな仕打ちを受けるくらいなら、早々と消えてしまったほうがましだ。

葛の頬を冷たい涙が伝った。寝入っていたはずのシマ子が、薄く目を開けて葛を見ていた。はっとすると、何食わぬ顔をし、ごろりと体勢を変えた。やわらかい毛を手で梳《す》くと、絡まって団子になった箇所があった。小鋏《こばさみ》で切ってやったのが気持ちよかったのか、身軽に膝から降りた。

タタタ、と歩みを進めたかと思うと、茶簞笥《ちゃだんす》の前でぴたりと足を止め、何かを訴えるかのように、葛を振り返った。

「ここに乗りたいの？」

きっと、若い時分のシマ子だったら、こんな簞笥の上などわけもなく飛び乗れていただろう。いまは背の低いソファですら、よじ登ってでしか上がることができない。

クローゼットを探ると、奥に段ボールの空き箱が見つかった。簞笥の下に置いてみる。すると、待ってましたとばかりに箱を踏み台に、器用に音も立てずてっぺんまで登り、満足げに喉を鳴らした。

この子が子猫じゃなくてよかった。もちろん老猫だけに、病気になるリスクは高い。定期的に病院にかかり、検査をし、場合によっては注射を打つこともある。けれども、子猫だったら、ありあまる快活ぶりにきっと手を焼いたろう。こんなに穏やかに暮らせる日常を、ありがたいことだと葛は思う。

シマ子はできないことが増えても、老いても、全てを受け入れているように見える。いや、受け入れている、というよりも、その時々が存分に満たされるように、いつも自らの快適を探している、といったほうが近いかもしれない。

かつてのこと、先のこと、そんなことを考えることなく、いまを悠々と生き切っている。

これまでも決して完璧に生きてきたわけではなく、穴を繕《つくろ》いながら、道を探しながら歩いてきた。理想通りに運ばないことなど、いくつもあった。

けれどもできないことがあるのなら、できることに目を向け、登れない場所には踏み台を用意すればいい。そんな簡単なことではない。老いていくことは悪いことばかりではない、失うことは悲しいことではない。そう言い切れる自信はいまの自分にはない。

ただ、生きている以上は、命の全てを無駄にしてはならない、とは思う。

葛は閉めきっていたカーテンを開けた。窓の向こうは、日が沈む前の空が色づいていた。赤の色が思いがけず明るく、はっとする美しさに目を細めた。

そういえばシマ子のフードが残りわずかになっていた。明日は買い物に行こう。早起きをして朝日でも浴びてみようか。そろそろ美容院の予約もしなくては、と白い縮れ毛に手をやった。

いつか亡くなった夫や娘のことも忘れてしまうのだろうか。だとしても、と葛はシマ子の背を撫でる。たとえ自分がほんの数分前の記憶すら覚えていられないようになったとしても、いまという時は確かにここにあり、消えていくことはない。生きているいまを楽しいと。そう思える時を、かけがえのない時を。それは懸命に、でも、努力をして、でもなく、風が吹くのに委ねるように、緩やかに平らかに。床に落ちたままのカーテンのタッセルが日差しの中で明るく光り、シマ子は楽しいものを見つけるのが上手なんだよね、とひそかに感心した。

ねえ、見て。猫っておヒゲがいっぱいあるんだね。一本、二本、三本、四本。あ、せっかく数えてたのに。ぷいって向こうに行っちゃったよ。

猫はね、ヒゲを触られるのが嫌なのよ。

そうなの？　なんで？

ヒゲは猫にとってはアンテナみたいなものなの。

アンテナってテレビやラジオにあるやつ？　けどエリマキトカゲの襟みたいなパラボラはないから、衛星放送は受信できないよね。

あはは、それは無理かしらね。でも、猫はヒゲを使って、距離を測ったり、気配を探ったりするのよ。

へえ、だからあんなに高いところまでひとっとびできちゃうんだね。

そうよ。それにほら、どうしてこんな狭いところに？　っていうような隙間に入ったりするでしょ。それもヒゲでちゃーんと計算しているんだから。


これはいったいいつの記憶なのだろうか。誰かが話していたのを耳にしたのか、娘と自分の会話だろうか、それとも自分と母親か。葛はかつて、猫を飼っていたことがあるのかもしれない。だとしたら餌やりのコツや猫の扱いかたがわかるのも、子育ての経験からだけではなく、からだと頭が覚えているおかげだ。

そのときだ。箪笥からコトリと音を立てて降りたシマ子が、突然全速力で駆けてきたかと思うと、葛の胸に全身で飛び込んできた。懸命におでこを押し付けてくるシマ子を、葛は思わず両腕で抱え込んだ。

シマ子のからだは滑らかで、あたたかく、それはまだ幼かった頃の娘を思い起こさせた。甘えん坊だった彼女の、ぐずった声に、はいはい、と宥《なだ》めるように、シマ子の背を叩いた。

「衛星放送よりも、もっとすごいもの。シマ子は人の心を受信しているんだね」

ありがとう。言葉が口からこぼれ落ちた。水晶のように澄んだ目が、葛をじっと見ていた。しばらく見つめ合った。

ヒゲが一本、
友人の名前。
ヒゲが二本、
過去の記憶。
ヒゲが三本、
今日の自分。
ヒゲが四本、
娘の存在も。

何かを失いつつ、それでも生きていく。そういう人生が、まだ続く。悠然とした
おおらかさで。

え、でもたまに、失敗もするよ。
そりゃあ、誰にだって失敗はつきものよ。

「猫のヒゲ」参考文献

『猫とさいごの日まで幸せに暮らす本』加藤由子・著（大泉書店）
『猫に学ぶ——いかに良く生きるか』ジョン・グレイ・著、鈴木晶・訳（みすず書房）

若竹七海

# 神様のウインク

# 若竹七海（わかたけ・ななみ）

1963年、東京都生まれ。立教大学文学部卒業。91年、「ぼくのミステリな日常」で作家デビュー。2013年、「暗い越流」で第66回日本推理作家協会賞「短編部門」、15年、『さよならの手口』でミステリファンクラブ・SRの会によるSRアワード2015国内部門、16年、『静かな炎天』でSRアワード2017国内部門、ファルコン賞を受賞。他の著書に、「葉村晶」「御子柴くん」の各シリーズのほか、『猫島ハウスの騒動』『ポリス猫DCの事件簿』『プラスマイナスゼロ』『みんなのふこう　葉崎は今夜も眠れない』など多数。

ねえ、神様。

神様ってば、聞こえてる？

聞こえてるはずだよな。だって神様だもん。聞こえてなきゃあんた、神様じゃねーし。

おーい、神様。返事くらいしろよ。

話があるんだよ。

祖母《ばあ》ちゃんの言うようにあんたがオレらの創造主だってんなら、少しはこの状況の責任ってもんがさ、あるだろ。

だったら話くらい、聞いてくれたってよくないか。

どうせもうすぐ、そっちに行くから、話はそのときでって思ってるかもしんないけどさ。

混んでそうだもんな、あんたの御許《みもと》。

オレも年齢はギリ子どものうちだけど、清廉潔白、純粋無垢《むく》なわけじゃあない。背中にちっちゃな白い羽が生えて、あんたの御許までパタパタ飛んでけるとは思えない。

えんえん死の谷を歩くはめになって、三途《さんず》の川の渡し船も長蛇の列でさ。

なんとかたどり着けても、すっげえ順番待ち。ヘタしたらあんた本人じゃなくて、天使にしか会ってもらえなかったりすんだろうな。いや、天使どころか聞いたこともないような下っ端《ぱ》に回されたりして。

なんたってオレの運命ガチャは、こんなことになる前から、ぶっちゃけ大ハズレだった。

とか言うと、「世の中にはもっと悲惨《ひさん》な人が大勢いる」って、怒られるんだろうけどさ。

文句を言ってるわけじゃないよ。なんにでもアタリハズレがあるのは当たり前で、誰かがクソを引き当てなくちゃならない。それがたまたまオレだったってだけの話。どっかの誰かのと比べれば、小ぶりでかわいいクソかもしんないけど、クソはクソだよな。

ただ、神様さあ。ここまでハズしたなら、オレがこの世に出てくる前に、とっとと水に流してくれればよかったんだよ。

したら、たぶん母親は結婚せず、大学もやめず、好きな仕事につけたろうし、そのうち浮気もせず、暴力を振るったりもせず、離婚したいなら借金を肩代わりしろなんて絶対に言わないまともな誰かと家庭を持ち、オレよりマシな息子を持てたにちがいない。

マシな息子……って、どんなんだ？

さわやかで石けんの香りがするとか？　優しくて家事を手伝うとか？　少なくとも、まともに顔見て「おはよう」って言いたくなる息子だろうな。現実のオレときたら、入学したてで上級生に顔や体型をいじられ、デブとかキモいとか想像力皆無ののしり食らった末に、トイレの個室に閉じ込められて、バケツの水ぶっかけられた、そんなヤツ。

ホントに我ながら大ハズレ。神様だってそう思うだろ？　水に流さなくて悪かったって。

そうしてたら、こんなとこにこんなカッコで引っかかってなかっただろうに、って。

だったら、オレの話につきあってよ。

今のオレは、あんたに話しかける以外、なんもできない。

あちこち痛いし、胸も苦しい。息をしようとするたんびに全身が熱い。

こんな思いをすんのは、顔面に煮え湯をかけられた五歳のとき以来かも。

あんときはキツかった。顔が焼けるように痛くて、震えが止まんなくて、走る母親の背中にしがみつき、病院に着いたときには泣く気力もなくなってて。

母親は治療中のオレの手をずっと握ってた。ときどきぎゅっと力が入って痛かった。「お父さんにやられたのか」って医者にきかれたとき、母親は目に涙を浮かべてオレの手を強く握りしめ、オレは必死でうなずいた……。

ずっと、あれが人生最悪の瞬間だと思ってた。

そしたらここにきて、とんでもないオチが待ってた。

あーあ。ひょっとしたら夢がかなうかもって、思えるようになったらコレだよ。

だから神様、聞いてくれよ、オレの話を。

でもって、ちっとはリアクションとれよ。「うい」でも「おお」でも、うなずくんでもウインクでもいいからさ。

そしたらオレ、あんたのこと恨まないで御許に行くから。

地獄に落とされても文句言わないから。

約束するから。


どっから話そうかな。

むかーしむかし、東京の郊外、私鉄の最寄り駅から徒歩十五分、多摩川《たまがわ》の支流のそのまた支流のさらに支流を渡った金魚鉢の底みたいな場所に、ずぶずぶの湿地があったとさ。

コーダンはその湿地を水抜きして残土で埋め立て、五階建てのコンクリート製の建物を数十棟ずらりと並べ、ここを上ケ丘《かみがおか》団地と名付けた。

道は整備されてケヤキが植えられた。建物の前には芝生がしつらえられて、それぞれがドウダンツツジの生け垣で囲われた。団地内には幼稚園と公園と図書館の分館、床屋と郵便局とスーパーと診療所、子ども人口の増加に合わせて上ヶ丘小学校と上ヶ丘中学校が新設された。そうそう、神様もよくご存じの教会もできたんだよね。

上ヶ丘団地は大人気だった。入居するのに抽選があって、倍率は三十八倍。当選できた何百、何千って世帯の入居者たちは、日曜日ごとに、新しい家具をトラックに詰め込んで、誇らしげに引っ越してきたんだ。

って、祖母ちゃんから何度も聞かされてきた。

この団地に入れたのが、祖母ちゃんにとって人生最高のできごとだったみたいだ。イマイチ信じらんないんだけどさ。だって、五歳のオレが母親に手を引かれ、祖母ちゃんちに転がり込んだときにはもう、この団地の湿気の多さと建物の古さはヒサンだったもん。

芝生はすぐドクダミやカタバミだらけになる。日陰にはいつも水たまりがあって、虫がわく。洗濯物も乾きにくいから、下着やシーツがベランダに朝から晩まで干してある。

雨が降ると、オレの住む五階にまで下水の臭いが立ちこめる。サッシはゆがんで台風の時季には風が鳴り響く。地震が来るたび外壁のひびが大きくなって、破片がばらばら地面に落ちる。地盤沈下で右に左にと傾き、真ん中に割れ目が入って屋上が陥没してる建物さえある。地盤のいちばん底に建ってる四十二号棟ね。

この四十二号棟ときたら半分廃墟みたいなもんで、まだしぶとく住んでるのは、四階のベランダから猫にエサまくのを日課にしてるばあさんのみ。猫はもちろん、エサの残りを狙ったネズミやカラスが出て、とんでもない臭いが立ちこめてる。スプレー缶を持ったヒマ人でさえ、夏には落書きし終わる前に逃げ出すほどの環境で、ジゴク棟って呼ばれてるんだ。

上ヶ丘団地がホラー映画のロケ地にしょっちゅう使われるのも、当然だよな。引っ越せる経済力のある連中は、とっくに見切りをつけて出て行った。十七号棟なんか、残ってんのは奥の一階の菅村《すがむら》さんと、うちだけだ。

十年ほど前から、コーダンは……いまはもうコーダンじゃないけど、ここらじゃいまだにそう呼んでんだ……住民のいなくなった建物を取り壊し、十二階建てのマンションみたいな集合住宅に建て替えを始めた。エレベーターがついてて、スイッチ一つで風呂が沸かせて、天井が高く、畳の大きさもまともなマンション風。で、レトロな住民たちにも新しい建物への住み替えを勧めてる。

そりゃ新しいほうが便利で快適だけど、家賃も管理費も値上がるだろ。

昔からの住民は優先的に入居できるったって、先立つもんがないわけよ。

だから元の建物に居座る。うちがそうだ。別に嫌がらせしてるわけじゃない、ほかにどうしようもないからなんだけど、住民が出て行かないことには、建て替えはなかなか進まない。

駅からの帰り道、坂の上から上ヶ丘団地を見下ろすと、レトロで昭和な建物がまだいっぱい残ってて、ところどころに新しい集合住宅がそびえてる。キノコの間から墓石が顔をのぞかせてるみたいだって、いつも思う。

今日もまた、学校帰りにオレはその、キノコでレトロな二十三号棟に足を向けた。うちもすぐ近くだからいったん帰ってもいいんだけど、母親は働きに出てるから、膝の上に聖書のせた祖母ちゃんが大音量のテレビの前に座ってるだけ。もとはきれい好きで料理好きだったのに、おととしに一度倒れて、入院して戻ってきてからは、面倒がって風呂にも入らなくなっちゃった。

帰ったら祖母ちゃんの紙パンツ替えて、入れ歯洗って、ヘルパーさんが用意してくれた飯食べさせて、耳にタコができるほど聞かされた昔話をまた聞かなきゃなんない。別にイヤじゃないよ、祖母ちゃんのことは好きだ。育ててもらった恩だってある。でもさ……。

二十三号棟の一五五号室にはもう、イヌイが来てた。

来てたって、おかしいか。イヌイはここに住んでるようなもんだ。

入学そうそうのあのとき。イジメのクズらがいなくなったの見はからって、トイレから廊下に出て行って、ずぶ濡れのオレはイヌイと出くわした。

なんせでかいし、目つきは悪いし。今度はコイツになにされんだろうって、内心震え上がったんだけど。

イヌイはオレの左頬《ひだりほお》を指さして、それヤケドか、って聞いてきた。うなずいたら、親か、ってイヌイは言った。質問じゃなく、確認って感じで。

オレはもう一度うなずいた。

そしたらイヌイが、んだよ、よく見たらたいしたヤケドじゃねーな。自分なんかオヤジにしょっちゅうタバコ押しつけられてんだぜ、負けてねーよ、って、いきなりベルト外してパンツ下ろしたんだ。

水玉模様のケツ見せられて、オレびっくりして思わず、負けた、って言った。

イヌイは満足そうにパンツをはいた。

で、並んで帰った。同じ団地内の、それぞれの部屋に。イヌイは墓石の方の部屋に住んでた。母親は若い男と出て行って、オヤジは怪しい金儲《もう》けに夢中で、気が向かないと生活費もくれないからしょっちゅう腹を減らしてる。オレのほうは世話が必要な祖母ちゃんと、必死に働いてくれてるけど、オレとは目も合わせない母親と暮らしてる。そんなことをぽつぽつ話しながら。

それからずっと、イヌイはオレの相方だ。

オレはすり切れた畳にカバンを投げ出し、周囲を見回した。

オガタさんちで見つけた寝袋とテントとランタン。カガのばあちゃんちにあったちゃぶ台。カセットコンロに鍋二つ。団地内のスーパーで、賞味期限切れになって廃棄されるとこをもらってきた菓子パン。クーラーボックス。古いマンガ雑誌。タオルや着替え、洗剤や缶詰。目覚まし時計。紙袋がどっさり。ぶら下がり健康器にダンベル、体重計。

水着の女のカレンダーまで貼ってある。

元の住民のハラさんが出てって以来、空き部屋のはずのこの部屋に誰か住み着いてるの、一目瞭然《りょうぜん》だな。

いずれは建物ごと壊されるにしたって、ハラさんがメーターボックスの扉の裏に隠して置いてった鍵《かぎ》、勝手に使って部屋を利用してんの、コーダンに見つかったら大騒ぎになるから、荷物は押し入れに隠しとけって、いつも言ってんのにさ。

イヌイは窓辺で片腕立てをしながら、隣のじいさんちの洗濯機用コンセントから盗んだ電気で充電中のケータイいじってた。オレを見て、

「ヒデ、見ろよコレ、ヤバ」

上下に動きながら、画面をこっちに向けた。

白地に黄色いラインが入って、ゴムの部分が黒のスニーカーだった。寅年《とらどし》モデルかよ、と口にしかけてオレは慌てて黙った。イヌイはスニーカーのことだけは、絶対バカにさせないんだ。

「全世界八十八足の限定モデル。来週、青山《あおやま》の路面店に三足入るんだって」

イヌイは画面を眺めてうっとりしつつ、休まずトレーニングしている。

「定価六万九千円プラス税。でもきっとプレミアがついて、あっというまに二十倍、いや百倍かも。すげえよな、スニーカーが億ってさ」

どーゆー計算だよ。

「七百万な。それでもすごいけど」

「だろ？　ヤバいよなー」

イヌイは笑い、オレは畳に腰を下ろした。不思議と体が軽い気がした。息ができるって感じられるの、この部屋にイヌイといるときくらいだ。

「今月、もうちょっとイケるかと思ったんだけど。意外と売り上げ悪かったな」

イヌイは筋トレをやめて水を飲み、サラダチキンのビニールをむいた。早いとこ筋肉つけて、オヤジを追い越して、やられたぶんやり返す、ってのがイヌイの夢だ。それで鶏胸肉ばっか食っては、ここで筋トレしてるんだ。

「なんでだよ、目標額には到達したろ」

「そうだけど、ここんとこアタリがないじゃんか。スニーカー欲しいんだよマジで」

オレは急いで先手を打った。

「六万九千円はさすがにムリだかんな」

「わかってるって。そこまでずうずうしくないよ」

でも、と来るんだろうな、と思ったら、イヌイはやっぱり、でも、と続けた。

「足が痛くてさ。でかい靴、買いたいんだよな」

オレのとった栄養は横にいくけど、イヌイの場合は縦に伸び、ついでに足も、どっかのゆるキャラなみにでかくなった。足が痛いってのはホントだろう。けどさ。

「今月はもうやめとこうって言ったじゃん。コーダンがうろついてんだから」

「知ってる。さっき、サカイヒナがジゴク棟に入ってくの見かけた」

「ジゴク棟？」

「悪名高い四十二号棟」

「あんなとこになんの用だよ」

オレは思わずつぶやいた。

神様だったら知ってるよな。ここんとこ、上ヶ丘団地にやたらとコーダンの担当者が来てるってこと。

やけにフレンドリーでなれなれしく、古い建物で一人暮らしをしている年寄りの部屋に上がり込み、

「おばあちゃんお元気ですか、おひとりで家事や買い物大変じゃないですか、地域包括支援センターに相談してますか、要介護認定は受けてますか、施設に申し込みは、ご家族と一緒に暮らしたくないですか、なんならお部屋を探して手続きもいたします」

なんつって、親切そうに相談にのるわけ。

要は、コーダンが建て替えを加速したくなったらしい。気持ちはわからなくもないよ。もとが湿地でも二十三区に接した場所だ、坪単価もすごいんだろうよ。その土地を少数の住民が占拠してるってさ。居座り組のオレが言うのもなんだけど、よりよい住宅をより多くのひとに提供すんのがコーダンとしちゃ「正しい」よな。

そのコーダンの担当者に、サカイヒナってのがいる。童顔だけど体はマッスル。アイドルレスラーみたいな女なんだけど、「死ぬまでこの団地のこの部屋に住む」と意固地になってる年寄りを説得すんのがやたらうまいんだ。

この女に丸め込まれ、施設に入ったんだか家族のそばに移ったんだか、上ヶ丘からいなくなった年寄り、五人や十人じゃきかない。

祖母ちゃんの友だちのハセベさんは、娘の住んでる千葉の団地に引っ越した。ノムラのじいさんは海の近くの特養に空きができて移り住んだ。おかげで七号棟と五十三号棟は全住民完全撤去。きっちり取り壊されたっけ。

この部屋の前の住人ハラさんも、サカイヒナに付き添われ、どっかの施設を見学しに出かけていき、そのまま入居したって、自治会長が話してた。引っ越しや光熱費の手続きから、荷物の整理までサカイヒナがやった、不用品をゴミ袋に詰め込んで集積所に運ぶことまでした、何十袋もだ、あそこまでやる担当者はなかなかいない、若いのによく働く、たいしたもんだって、会長もすっかり丸め込まれてたけど。

オレは悔しかった。ハラさんはおしゃれできれい好きだった。部屋に残していった不用品も、あのひとのなら高く売れたはずだ。

ああ、もったいない。マジ惜しい。

前に、イヌイがオヤジからなんも食わせてもらえなくて、腹すかせてたとき、オレは祖母ちゃんに捨てろって頼まれてた、死んだ祖父《じい》ちゃんのレコードや雑誌をフリマアプリで売ることを思いついた。イヌイが部屋にたくさんあるんだって運転免許証とケータイをオヤジからくすねてきて、やってみたら雑誌は五分で、レコードも何度か値下げするうちに売れた。

金はイヌイと分けた。イヌイは食費に使い、オレは貯金した。

祖母ちゃんの部屋には、まだまだ祖父ちゃんの持ち物があった。半分くらいはなんとか売れた。集積所に捨ててあったマンガや本を拾ってきた。売れた。紙袋とか、ビニール袋とか、ペットボトルの蓋《ふた》なんかも売れた。そうこうするうちに、うちはずいぶん片付いた。母親が驚いて、珍しく褒めてくれたくらいだ。相変わらず、目も合わせてくれなかったけど。

家から不用品がなくなっても、団地はモノであふれてた。みんな狭い2DKにぎっしり荷物を詰め込んで、モノに遠慮しながら住んでるんだ。

菅村さんちなんか、一人暮らしなのに傘が十二本もある。タカタさんちには歴代のケータイが十八台、藤堂《とうどう》さんちにはクレーンゲームでとったぬいぐるみが七十リットルのゴミ袋六つ分。大昔にどっかと合併した銀行のオマケや、古い手ぬぐいもあった。

オータさんと息子夫婦の同居が決まったとき、部屋の片付け手伝ったんだけど、爪切りが三十五個、ハサミが七本、耳かきが二十二本出てきたんだよ。オータさんはどれも使えるから持ってくって言い張ってたけど、息子のお嫁さん、あからさまに迷惑そうだった。

こういうの、本人たちの目の前に差し出して、ちょうだいって頼んでもたぶんくれない。けど、知らない間にひとつやふたつ消えても絶対に気づかない。箱から出したこともないもらいものの毛布とかシーツとか。はんぱもんのグラスとか。下戸《げこ》んちの埃《ほこり》かぶったウイスキーとか。持ってることすら忘れてるよ。

それにさ、団地に長く暮らしてると、みんなのんきなんだよね。鍵を鍵穴にさしたまんま忘れる年寄りもわりに多い。ベランダの鍵をかけないひとも。ハラさんみたいに、メーターボックスだの表札の裏だのに置き鍵してるひとも、さ。

おかげでこの一年、イヌイは生き延びた。オレの貯金も増えてきた。あと少し。もうちょっとで夢がかないそう。

だから仕事大好きなサカイヒナが、はりきって働いて、誰かを転出させてくれるのは、ホントに大歓迎なんだけど、

「ジゴク棟じゃあな。あんな廃墟に売れるもんなんか残ってねーよ」

オレがぶつくさ言うと、イヌイは悪い目つきになった。

「そーかな、東京駅のレンガとか古いホテルの備品とか、欲しがるヤツがいるじゃんか。最近じゃ団地にもマニアがいるって聞くぜ？　なんかはずしてこれないか」

「なんかって、なにを」

オレがあきれて言うと、イヌイは怒ったように顔を歪《ゆが》めた。

「そんなのわかんないよ。ヒデと違ってオレ頭よくないもん。でもさ、マジで欲しいんだよ靴」

イヌイは玄関から靴をとってきて、はいてみせた。イヌイのスニーカーはつま先のあたりをぱっくり切ってあった。かかとを潰してはこうって気にならなかったあたりが、いかにもイヌイらしい。イヌイの足のきったない爪が、つま先からにょっきり飛び出てた。

団地の備品が売れるとは思えないし、売り出したりしたらコーダンにすぐバレる。犯人捜しが始まったらマズいだろ、靴の金はなんとかすっからもうちょっと待てよと言ったんだけど、イヌイは黙ってた。

マズいよなあ。

イヌイって子どもの頃、よく店先から食い物かっぱらってたらしい。逃げ足速くて一度も捕まったことなかったぜ、って自慢してたけど、被害に遭った店も見て見ぬふりをしたんじゃないかな。風呂にも入ってなさそうな子どもが、腹を減らして決死の覚悟で食い物をとっていくなんて、かわいそすぎて。

だけどイヌイは自信たっぷりなんだ。ほっとくと、商店街の靴屋からヒットエンドランしかねない。でも、防犯カメラの映像をチェックすれば、犯人すぐにバレるじゃん。イヌイみたいにでかくて目つきの悪いヤツめったにいねーし、盗んだ靴、堂々とはきそうだし。

今となっては、誰も大目になんかみてくれない。通報される。児相やケーサツに押しかけられたらイヌイのオヤジがどう出るか、想像するだけでおそろしい。

って、時間いっぱい説得したんだけどさ。イヌイは返事をしなかった。

心配だったけど、これ以上祖母ちゃんをほっておくわけにもいかなくて、オレはしぶしぶ家に戻ろうと部屋を出た。

もう夕方で、日は落ちかけてた。住人がともしたあかりがぽつんぽつんと見えて、上ヶ丘団地全体が闇《やみ》に沈み込んでいるようだった。今日は火曜で、母親は介護の仕事のあと、家には戻らずそのままスナックに出勤する。祖母ちゃんは暗い部屋にひとり座り込んだままだろう。早く帰って、オムツ替えてやらなきゃ。

そう思ったのに、気づくとオレの足はジゴク棟に向かってた。

思い出したことがあったんだ。

四十二号棟には四階から猫にエサまいてるばあさんがいるって、さっき言ったろ。ジゴク棟の猫ばあさん。

本名は知らない。団地の子どもたちは、たぶんオトナも、猫ばあさんと呼んできた。

白髪《しらが》交じりの髪を結んで、胸元を猫のブローチで留めた黒くて裾《すそ》の長いドレスみたいなのを着て、杖《つえ》をついている。絵本から抜け出してきた魔女みたい。猫たちにまとわりつかれながらゆっくり歩いている姿は、特に。

エサの件で怒鳴りつけられたり、警察官に取り囲まれてるのを見たこともあるけど、そんときも猫ばあさんは黙って相手を見返してた。薄い膜がかかったような不思議な色の目をしてて、ちょっと気味が悪かった。そのせいか、小学生の頃、猫ばあさんににらまれると猫にされんだぜ、なんて噂《うわさ》がたったこともあったっけ。

それでいつぞやの夏休み、猫ばあさんから猫のエサの入ったスーパーの袋をひったくる、って度胸試しがはやったんだ。毎朝、団地内のスーパーの開く時間に、ばあさんは出かけてって猫用のドライフードを買う。それを狙うわけ。

オレもやらされたけど、ビックリするほどカンタンだった。猫ばあさんは追いかけてくるわけでもなく、黙って杖をついてスーパーに戻り、新しいフードを買う。いっつもそうだった。

うん、神様。わかってる。悪いことした。あとで祖母ちゃんにバレて、気の毒な女性になにすんだって、こっぴどく叱《しか》られたよ。

祖母ちゃんの話だと、猫ばあさんは元は人形劇団の役者さんだったんだって。引退して、結婚して、新婚早々、できたばかりの上ヶ丘団地に夫婦で引っ越してきた。

なかなか子どもができなくて、ダンナとうまくいかなくなって。周囲が気づいたときには一人暮らしになってたそうだ。

気の毒に思った祖母ちゃんの教会仲間が声をかけたんだけど、その頃にはもう、ほとんどクチをきかなかった。たぶん、精神だけ別次元にいっちゃったんだろう。オレもそう思ってたんだけどさ。

思い返すと、猫ばあさん、ホームレスみたく臭うってこともなかったし、日によって違う猫のブローチをしてた。靴もきれいだったし、いまのうちの祖母ちゃんよりよっぽどちゃんとしてた気がする。

それに、毎日ドライフード買う金はあるわけじゃん。ずっと生きてきたんだしさ。銀行口座くらいは持ってて、それなりの預金を持ってても不思議じゃない。

猫エサの件で通報されたし、半分廃墟にひとりで居座ってるし、ホントにイカれてるんだったら、とっくの昔にギョーセーが間に入って病院に収容されてる。そうなってないってことは、人とクチをきく気がないだけで、生活能力はあるのかも。

すご腕のサカイヒナはそれに気づいて猫ばあさんを丸め込み、よそに移ることを承諾させたんじゃないだろうか。

もしそうなら、猫ばあさんちから不用品が出る。なかには猫グッズがあるかも。猫グッズは金になるんだ。前にクラタさんちから出た猫のTシャツ、あんなダサいのが二千円で売れた。あんなのが五、六個あれば、イヌイの新しいスニーカーくらいすぐに買える。六万九千円はムリでも、ちょっといいヤツが。一気にオレの貯金も増えて、いよいよ夢が実現できる。

そこで、オレは久しぶりにジゴク棟まで降りてきたわけだ。

よく安っぽいギャグマンガであるじゃん、ニッポンの住宅街なのに、そこだけトランシルヴァニアのドラキュラ城みたく、おどろおどろしく描かれちゃう建物って。ジゴク棟ってマジ、そんな感じなんだよね。他のレトロなキノコと形はおんなじで、だから見た目も同じはず。

だけどよそより外壁は黒ずみ、ひび割れて、不気味なシミが浮き出てた。「42」の金属板が、西日を反射して鈍く光ってた。建物の前の芝生はよそよりいっそうドロドロで、ボコボコと穴まで開いてた。数羽のカラスが鳴きながら飛び立ち、ジゴク棟の周囲を旋回して屋上に消えていった。

周囲の建物はいつのまにかほとんど取り壊されていて、白いボードで囲われた空き地になってた。ボードの隙間《すきま》から雑草がはみ出てた。〈立ち入り禁止〉と書かれた看板の前にコーダンの営業車が一台停めてあった。サカイヒナが乗ってきたんだろう。

車の周囲には猫たちがたくさんいた。白、白黒、三毛に黒、茶トラにキジトラにサバトラ。どいつもこいつもなんか不細工。どっかこきたない。でも栄養状態はよさそうで、驚くほど肥えている。ま、毎日ベランダからエサまいてもらってんだから当然だけど。それにしても猫ばあさんも、なにが楽しくてそんな節分みたいなマネしてるのかね。猫をかわいがりたければ、抱きあげたりなでたりすればいいのに。けどまあ、猫たちに愛想はない。オレが近づくと、我先に逃げていった。

うわ、くっせ。

上ヶ丘団地の臭いには慣れてるオレでも、鼻をつまみたくなった。湿地のいちばん底だから、ありとあらゆるよろしくないものがたまってるって感じがする。湿気とか食べ残しとか、腐った雑草とか猫のしょんべんとか、ネズミの死体とか。まさにジゴクだ。

あちこちかゆくなってきた。クシャミも出た。オレ、こんなとこになにしに来たんだろ。祖母ちゃん待ってるのに。

金になりそうなもんなんか、あるわけない。あっても臭いに決まってる。

そう思ったとき、逃げた猫たちが戻ってきた。

先頭にいるのは顔のでかいキジトラで、ボスらしい。他の猫たちを従えてのし歩いてくると、敵意のあるガンをたれ、悠然と車に飛び乗った。他の猫たちも、耳だけはこっちにむけながら、車とジゴク棟の間のスペースに座り込んだ。

なんだかムッとした。「おい、ボーズはとっとと帰れ」って言われたみたいでさ。

オレはずかずかと営業車に近寄った。でかいキジトラをボンネットから追い落とす気だったんだけど、そうする前に車のなかが見えて、思わず足を止めちまった。後部座席に新しそうなブルーシートと大きなスコップがあったんだ。

ブルーシートとスコップ？

神様、オレまだ十四年しか生きてないからさ。知らないこともいっぱいあって、だからカンチガイも多いと思うんだけど……建設業者とか造園業者のじゃない車の後部座席にこんなんあったら、祖母ちゃんにつきあって二時間ドラマの再放送ばっか見て育ったオレが思いつくのは「死体遺棄《いき》」なんだけど。

って、おいおい。

なによ、ひょっとしてオレ、サカイヒナが死体遺棄をもくろんでるとか考えてる？　死体遺棄までするとなったら、殺人も視野に入るよな。ここだと「被害者」になりそうなの、猫ばあさんしかいないけど。

いや、まさか。

そんなこと、あるわけない。サカイヒナが仕事に熱心で、立派な集合住宅を建てようと頑張ってるからって、いくらなんでもひとを殺して埋めたりしない。

……よな？

だけど、そういえばさ。ハラさんが施設の見学に行ってそのまま入居して、後片付けを全部サカイヒナがやったって、おかしくないか。

仮に、サカイヒナがハラさんを殺して、どっかに埋めて、ハラさんは施設に入りましたと言いふらし、荷物を全部処分しちゃったとして、身内とか親しい人がいなければ誰にも気づかれない。

あとになって遺体が見つかっても、行方《ゆくえ》不明届も出てないし、荷物が全部処分されてたらＤＮＡ鑑定もできなくて、身元の特定すらできずに迷宮入りってことだよな。

オレは思わず顔を上げ、周囲を見回した。キジトラと目が合った。薄暗がりのボンネットで、猫の目が光った。

オレはあらためてジゴク棟を見上げた。

神様は知ってるだろうけど、上ヶ丘団地のレトロな建物には階段が三つあってね。まずは地面から五段ほどあがると二軒の玄関扉が向かい合わせにあって、さらにそこから階段を十二段ほどあがると踊り場、また階段を五段くらいあがると二階で、二軒の玄関扉が向かい合わせになってる。それが五階まで続いて、ひとつの階段につき十世帯って構造なわけ。

建物に近づき、階段下から中をのぞき込んだ。なんかいろいろ想像しちまってるせいか、あり得ないほど暗い気がした。ただ、思ったよりも臭くなかった。猫たちが好き放題してんのは、ジゴク棟そのものではなく、エサがまかれるその周辺らしい。

入口脇には郵便受けが十あって、そのうちの九つの受け口がガムテープで塞《ふさ》がれ、四二三号室の受け口だけが開いていた。猫ばあさんはここに住んでるんだろう。

だけど、どうしよう。

階段に足をかけて、オレはためらった。オレとはかんけーないったらないもんな。誰かが誰かを殺そうが、埋めようが。

足になにかが触れ、オレはビックリして飛び上がりかけた。例のキジトラがあの恐ろしい目つきでオレを見上げながら、オレの前に回って、足に頭突きを始めてた。やめとけよ、と言わんばかりに。

猫の分際でえらそうに。邪魔すんな。

反射的にオレは階段をのぼり始めた。一段飛ばしで、一気に四階まで。やっぱり建物自体が傾いているらしく、なんだか体がふらついて、めまいがした。壁にぶつかりながらのぼっていき四階についた。四二三号室のドアにはなにか太い汚れた棒のようなものがつっかえて、しまらなくなっていた。おそるおそるノブを握った。

とたんに頭上で大きな音がした。金属かなにかが殴られて響いたような。ひとの叫び声のような。

オレは震えあがって手を離し、階段をさらにのぼった。屋上へのドアが開いていた。外に出た。空の半分は群青に色を変えていた。すごい速さで雲が流れ、まだ赤みを残す西の空に星がまたたいてた。

屋上の床はボロボロで穴が開き、斜めに傾いていた。古い給水塔の奥に、人影がふたつ見えた。暗くて判別できなかったけど、たぶん、猫ばあさんとサカイヒナ。ふたりは激しくもみ合っていた。

どっちかがどっちかを突き飛ばし、どっちかが相手の髪をつかんで引っ張った。どっちかが悲鳴をあげ、どっちかが大声で叫んだ。夕焼けに染まった西の空のまえで、黒いシルエットがくんずほぐれつ。すさまじい勢いで。

こうなってる可能性があるとわかってたからのぼってきたのに、バカみたいだなオレって。騒ぎを見ながら、あっけにとられてぽかんと突っ立ってたんだよ。どうしていいかわかんなくて。止めに入ることもできなくて。かぶりつきで見物してた。だけどそのうち、どっちかがなにか長いもので相手を殴り、殴られたほうが屋上の床に倒れた。殴ったほうは倒れた相手をさらに殴った。何度も何度も、何度も。そのたびに液体のようなものが飛び散るのが、夕闇のなかで確かに見えた。殴られていたほうの動きが、がくりと止まった。

殴っていたほうの荒い息づかいが風に乗り、オレの耳元に流れてきた。生暖かい吐息をもろに浴びた気がして、気づいたら声を漏らしてた。

「勝者」が顔をあげた。遠かったし暗かったのに、なぜだか目が合ったのがわかった。相手は肩で息をしながら、こちらに向かってきた。オレは信じらんない気分で、相手をただ眺めてた。若くてアイドルレスラーみたいなサカイヒナ……を打ち負かしたんだ。猫ばあさんが。いつもついてたあの杖で。

後ずさりしながらも、オレはなんて言おうかって考えてた。心配しないで、ばあさんは悪くない、サカイヒナに殺されそうになって身を守ったんだろ、正当防衛だ、倒れた相手を殴り続けたのはマズかったけど、大丈夫だよ、オレがちゃんと証言するから、営業車の後部座席を見ればケーサツだって信じるよ、で、モノは相談なんだけど、もしかして、あまってる猫グッズないかなあ。

猫ばあさんは両手で杖を握ってた。両足を外に向け、杖を中央でつき、三本足の新種の虫みたいに体をくねらせながらやってくる。バランスが悪いくせに妙に速く、みるみるうちに近づいてくる。こちらに向けた顔には血らしき黒いシミが飛び散っていた。

そしてためらいもなく、杖を振り上げ……振り下ろした。

よけきれずに肩をかすめた。痛みでオレは団地中にこだまするくらいな声でわめいてた。カラスがいっせいに飛び立ち、遠くで猫たちがハデに鳴き出した。ふたたび杖を振り上げた猫ばあさんが、驚いてよろけた。

そのすきにオレは逃げ出した。でもすぐに、足がもつれて滑って転げ、胸を打って息が止まった。でも、必死に立ち上がって、また足をもつれさせた。ジゴク棟ってホントに陥没してるんだろう、傾いて歪んでる。両手をついた。後ろを見た。ばあさんが体勢を立て直し、息を荒らげながらやってくる。オレはゴロゴロ転がって、猫ばあさんの杖をよけて、頭を割られそうになって、両手で這《は》って逃げ、また転げて、うまくよけられたと思った次の瞬間……。

重力が消えた。


で、神様。ごらんの通りの有様だよ。

どうやらオレは建物にできた割れ目に落ちたみたいだ。

もちろん想像だよ。首も体も動かないし、あたりは真っ暗だ。でも、ジゴク棟の噂や直前までの状況を総合すると、そういうことなんじゃないか。

ヤバい落ちた、と思った瞬間、オレは背筋が冷たくなるのを感じながら、両手両足にケツまで力を込めて手当たり次第踏ん張った。

このまま下まで落ちたら足が砕ける、それも自分の体でブレーキかけながらゆっくり落ちるから、砕けるところをスローモーションみたいに感じちまう。

そんなことが頭をよぎった、かどうかまでは、さすがに覚えてないけどさ。頑張った甲斐《かい》あって、落ちていく動きがだんだんゆっくりになって、途中で止まったんだ。

助かった、ってほっとしたんだから、オレもおめでたいよな。

助かったどころか。割れ目にみっちりはさまって、動けなくなっただけだ。

両足は宙に浮いてて、右腕が自分の胸と壁にがっちりはまって、呼吸をすると胸が苦しい。血の味がして、耳がちぎれそうだ。頭はどちらかといえば上のほうにあるらしく、血が下がってきてる感じはしないけど、皮膚はあちこちずる剝《む》けてるみたいだし、打たれた肩がズキズキしてる。

泣きたかった。泣くこともできなかった。苦しくて。

それでもオレ頑張って、一所懸命もがいたんだぜ。なんとか這い上がれないかって。助けを呼ぼうともしてみた。猫ばあさんはサカイヒナに襲われたショックでパニック状態になり、本能的に戦って相手を殺してしまい、さらにそのショックで居合わせたオレまで殺そうとしただけ。落ち着けば、オレの声を聞きつけて、助けてくれるかもしれない。

でも、胸が圧迫されて声なんかほとんど出ない。むしろ窒息しそうになった。それにさ。

はさまったまま、どれくらいたったかな。少し落ち着いたんで、考えてみたんだけど。

四二三号室の扉につっかえてたあの太い棒みたいなもの。

あれひょっとして、骨じゃなかった？

もちろん、骨は骨でもブタとか牛の骨かもしれない。猫ばあさん、ラーメンスープ煮る趣味があるのかも。でも、もしかしたら。人の骨だったりして。

じゃあ、誰の骨だよ。

思いつくのはひとりだけだ。

サカイヒナが猫ばあさんを追い出したいとして、普通はどうするか。犯罪に手を染める前に、まずは身内を捜すよね。団地からいなくなった猫ばあさんのダンナとか。

仮に、ふたりが正式に離婚してなくて、戸籍上はまだダンナが猫ばあさんの配偶者だったら。新婚早々引っ越してきたっていうなら、ジゴク棟の四二三号室の借主はたぶんダンナだ。日本社会じゃいまだって、不動産の借主は夫のほうが多いだろうし。

このダンナを見つけ出せば、猫ばあさんを追い出せる。

そう思って調べたのに、いくら捜してもダンナが見つからなかったらどうだろう。

オレと同じように、サカイヒナも気づいたんじゃないかな。猫ばあさんは一見イカレた年寄りだけど、それなりの生活能力があるはずだって。猫をかわいがるのはいいとして、なんで四階のベランダからエサまいてるんだろうって。

ここに消息不明のダンナを足してみると、こんな想像が浮かんでこない？　例えば、猫ばあさんは不仲のダンナとケンカになって殺してしまった。ダンナの死体はジゴク棟の前の芝生に埋めた。ベランダからエサをまいて猫たちを呼び寄せ、猫の臭いで死体の臭いを上書きした。狙いは思った以上にアタった。ジゴク棟本体はもちろん、周囲の建物からも住民たちが逃げ出したんだ。

つまり、サカイヒナがスコップとブルーシートを用意したのは、死体遺棄のためどころかその逆で。猫ばあさんのダンナの死体を捜しに来たってこと。

でも、ジゴク棟の前の芝生には穴がボコボコ開いていた。猫ばあさんが先回りして、ダンナの骨を取り出した跡だ。そう思って、サカイヒナは猫ばあさんを部屋に訪ね、骨を見つけて言い争いになって、そして……。

なんてこともありうる、よね。

ま、コレがアタってようがハズレてようが、声が出せずに助けを呼べないんだから、おんなじこと。もう、どうでもいいんだけどね。

そうだろ神様。

これでオレ終わりなんだろ。そうだよな。

だって助けが来るわけない。そもそもジゴク棟にオレが来たこと、イヌイも祖母ちゃんも、もちろん母親も知らない。

サカイヒナと連絡がつかなくて、誰かがジゴク棟に停めっぱのコーダンの営業車に気づいて、様子を見に来るかもしれないけど、きっと何日も先のことだろう。来たとしたって、屋上までのぼろうとか、ましてや割れ目をのぞいてみようなんて思いつくわけもない。思いつくヤツが現れたときには、オレとっくにカラスのエサになってるよ。

やだな、なんか笑えてきた。

大ハズレらしい最期《さいご》だよな。こんなとこにはさまって、宙づりになって、ゆっくりゆっくり痛みが増して、息が苦しくなってって。夢の実現を前にして、すごく苦しい死に方って気がすんだけど。

オレってかわいそうじゃね？

でもいいんだ、しょうがない。最初からどっかでわかってた、オレなんかの夢がかなうわけないってこと。

うん、そう。神様には何度も頼んだから知ってるよね。

煮え湯を浴びた五歳のあの日から、オレの母親まともに見ないんだよ、オレのこと。

責任感じてんだと思う。息子の顔に傷をつけちまったこと。

悪いのは父親なんだよ。まだ五歳だったけどオレわかってた。父親はしょっちゅう母親に暴力振るって、働かせて、金まきあげて、離婚してくれなかった。母親はなんとか父親から逃げたくて、それしか考えられなくて、オレの顔に煮え湯を浴びせたんだ。

熱くて痛くて苦しくて、母親にぎゅっと強く手を握られたあの日。「お父さんにやられたのか」って医者にきかれて、あらかじめ母親に言われてたとおり、オレはうなずいた……。

通報され、父親は逮捕された。やってないって否定しても、日頃の行いが行いだから誰も信用しなかった。それにしょっちゅう酔っ払ってたから、本人もやったかどうかはっきり覚えてなかったって、あとで知った。父親が収監されて半年後に病死したってことも。

おかげでオレたちは父親から逃げられて、上ヶ丘団地にやってきた。

逃げられた？　ホントに？　母親がオレを見ないのに？

手術をすれば、少なくともめだたないようにはなるって知って、オレはヤケドを消したかった。ホントに消したかったのはヤケドじゃなくて、父親の影なんだけど。

それで、手術代を貯めてきたんだ。

あと、ちょっとだったのに。

ああ、あっちこっち、ホントにいてえな。キツいな……。


……目のはしに、狭い空がかろうじて映ってる。明るくなってきたみたいだ。

一晩、家を空けちまって、ごめんな祖母ちゃん。大丈夫だったかな。

なあ神様。あんたの御許ってあのへんかな。オレも行っていいんだよな。

それとも嘘《うそ》ついた罪で地獄に落とされるのかな。

まあ、いいや。話聞いてくれたんだから、神様、約束通りあんたのこと恨んだりしないよ。

リアクションがなかったのが残念だけどさ。ゼータクは言わないよ。

意識がない間に、また体が下に落ちたみたいだ。足がなにかにつっかかってる。

痛いよ、苦しいよ。なかなか死ねないよ。

死ねないうちに、幻聴が始まっちゃったよ。サイレンの音が聞こえる気がしてきた。それもどんどん近づいてきたような気も。こんなん聞こえるなんて、思ってたよりオレ、死にたくなかったみたいだ。

一瞬だけど、サカイヒナが殺されてなくて、朝になって意識取り戻してケーサツ呼んだんだったら、ひょっとしたらオレも助かるかも、なんて希望を持っちゃった。

いや、ムリだけど。あれが幻聴でなくて、ケーサツが駆けつけてきたとしたって、屋上に倒れてるサカイヒナには気づいても、なにもなければ割れ目をのぞこうなんて……。

あれ？　いま、でっかい猫がこっちのぞき込んでた？

あのボスみたいなキジトラの顔が、視界のはしに見えたような気が。

でもって、オレにウインクしたように、見えたんだけど。

# 御後安全靴株式会社社史・飼い猫の項

山本幸久

山本幸久（やまもと・ゆきひさ）

1966年東京都生まれ。2003年、『笑う招き猫』で第16回小説すばる新人賞を受賞しデビュー。18年、『店長がいっぱい』で第11回エキナカ書店大賞を受賞。著書に、テレビドラマ化された『ある日、アヒルバス』『笑う招き猫』（のちに映画化）をはじめ、『幸福ロケット』『幸福トラベラー』『はなうた日和』『ふたりみち』『花屋さんが言うことには』『社員食堂に三つ星を』など多数。

まいったな。

大立守《おおだてまもる》はおしぼりで顔を拭《ぬぐ》い、大きくため息をつく。

ある程度、覚悟はしてたけど、ここまで高額とは。

まだ冷たさが残るおしぼりを首のうしろに当てる。こんなオジサンみたいな真似《まね》を、俺はいつからするようになったのかともぼんやり思う。

とは言え大立は三十七歳の立派なオジサンだった。人口一万七千人ほどの東北の小さな町、富渡町《ふわたりちょう》にある御後《ごご》安全靴株式会社の総務部広告宣伝担当だ。

仕事の大半は社長の御後吾市《ごいち》から直《じか》に命じられる。展示会出展の運営、地元のテレビ局や新聞、FM局での宣伝活動、自社製品の総合カタログやそれぞれの商品のチラシ、会社案内や採用募集のパンフレットの作成、さらには社長がスティーブ・ジョブズ気取りで自治体や業者向けにプレゼンをする際の資料やパワポを手がけてもいた。こうした本来の仕事以外にも、社長が出席する記念式典や祝賀パーティー、ごく私的な冠婚葬祭のスピーチを書くことも多かった。

私のアイデアをカタチにするだけだよ。簡単だろ？

社長はいつもそう言う。

アイデア？　ただの思いつきじゃねぇか。

とは口が裂《さ》けても言えない。

ここ最近、社長の思いつきがさらに増えた。御後安全靴株式会社は昭和の大阪万博の年に創業、来年の秋に五十五周年を迎えるからだ。これに関連したイベントその他をほぼ毎週、なにかしら思いついてしまうのである。

御後安全靴の五十五周年だからな。GOGOと派手にいこうぜっ。

〈ゴ〉のところをいちいち強めに発音するのが、癪《しゃく》に障って仕方がなかったが、社長命令とあらば従うしかない。

今日は昼の二時過ぎに自家用車で会社をでて、三十分ほどかけて県庁所在地にある地元のバス会社を訪ね、県内を走る路線バスのラッピング広告について、打ちあわせをすませてきた。いまはいきつけの喫茶店で一息ついているところだ。店名に謳《うた》われた〈純喫茶〉にふさわしい、時代に取り残された内装で、カウンターに並ぶサイフォンで抽出したコーヒーは、昼飯代よりも高かった。それでもこうして時折立ち寄るのは、居心地がよくて心身ともにリラックスできるからだった。ときにはこうした贅沢《ぜいたく》をしないと、人生やっていけない。

さてどうしたもんだろ。

路線バスのラッピング広告は社長の思いつきだが、大立としてもぜひ実現したかった。しかし車体の左右両側面および後部と全面フルラッピングで、一年間一台につき広告料＋デザイン料＋制作費で二百万円超えだった。月二十万円足らずで、県内中に名が知れるんですから安いもんですとバス会社のひとは言うものの、御後安全靴のような中小企業がおいそれと払える額ではない。

ジイサン達を納得させるには、この半額、いや、三分の一、いやいや四分の一の額でなきゃ駄目だろうし。

大立が言うジイサン達とは古参カルテットと呼ばれる平均年齢七十五歳の重役四人だ。いくら思いつきを口にしても、御後安全靴では社長に決定権はなきに等しい。古参カルテット全員が、首を縦に振らなければ、何事も前に進まないのだ。ときには彼らを説得するのも大立の役目だった。

こんなはずじゃなかったのにな。

大立は東京生まれの東京育ちで、東京の大学に通い、新卒で御後安全靴に採用され、東京支社で営業として働いていた。三年も経たないうちにそれなりの実績をあげ、きみは首都圏の市場拡大における重要な戦力だから、この先、本社勤務になることは九九パーセントないと当時の支店長には言われていたほどだった。

ところが残りの一パーセントが起きた。入社五年目で、本社への異動を命じられたのだ。しかも営業ではなく、定年間近である総務部広告宣伝担当の後任だった。のちに聞いた話だと、こういう仕事は東京の人間がよかろうという漠然とした理由で決まったらしい。三年我慢すれば、私が戻してやると東京支社長に言われたが、そうはならなかった。

これは大立自身に理由があった。異動して二年目の春、富渡町で開催された街コンに、賑《にぎ》やかしとして参加したのにもかかわらず、そこで知りあった女性と交際をはじめ、翌年には結婚をした。妻となった女性は富渡町の地主の次女で、義父からの結婚祝いは一軒家の新居だったのだ。養子ではないにせよ、妻の一族の一員となったようなものである。妻を東京に連れていくわけにもいかず、彼女自身もそれを望むはずがなかった。やがて娘が生まれ、いよいよもって富渡町から離れられなくなった。となれば転職もできるはずがない。この先も厄介な社長の相手をしなければならないのかと思うと、人生とは？　と考えこむことさえあった。いまがまさにそうだった。

するとスマホに総務部経理課の伊境《いさかい》ひかりからＬＩＮＥが届いた。

〈ゆうべ、猫の項の原稿が完成しました。プリントアウトして、社史編纂室《へんさんしつ》に置いておきますのでぜひお読みください。よろしくお願いします〉

自家用車で会社をでてきたのは家に直帰するつもりだったからだ。原稿を社内メールで送ってもらえば、自宅のパソコンで読める。だが伊境がわざわざプリントアウトしたのは、社史に寄せられた原稿を読む際、大立がいつもそうしているのを知っていたからだろう。誤字脱字、文章で気になった点などにチェックを入れるとき、紙のほうが便利だからだ。つまりは彼女の心遣いだ。

今日は十一月に入ったばかりの金曜、明日からは三連休だ。火曜の朝に読んでも問題はない。でも伊境の力作を三日間、放っておくのは申し訳ない気がした。

会社、戻るか。


御後安全靴の終業時間は午後五時半、残業するひとは稀《まれ》だった。金曜の夜ともなれば尚更である。大立が帰社したのは六時過ぎ、すっかり夜の帳《とばり》が下りていて、三階建ての本社ビルと渡り廊下で繋《つな》がった隣の工場、どちらもほとんど灯《あか》りが点《つ》いていなかった。

コロナ禍のあいだに発行されたＩＣカードの社員証で玄関のドアを解錠し、社内へと入っていき、しんと静まり返っている中、非常灯を頼りに階段をやや駆け足でのぼっていく。社史編纂室は三階なのだ。すると二階と三階の踊り場で、ばったりひとと出会《でくわ》した。

「おっ」「うわっ」

お互い立ち止まり、顔を見あわす。

「やだ、大立くん。びっくりするじゃない」

商品開発部の衣笠《きぬがさ》だった。ほぼ暗闇《くらやみ》でも顔はぼんやりと見える。それに彼女は白衣姿だった。唯一の同期だが、二歳年上だ。ほんわかした天然少女みたいな見かけによらず、理系の大学院卒で、入社以来、安全性と快適さを追求した安全靴の研究と開発に勤《いそ》しんでいる。御後安全靴の頭脳と言うべき存在で、いまや彼女がいなければ、この会社が立ち行かないのはたしかだった。衣笠は他人にはできない仕事をしているが、俺ときたら他人のしたがらない仕事をしているだけだと、どうしても引け目を感じてしまう。

そういえば衣笠さんも社長の思いつきのせいで、俺よりいま大変なんじゃなかったっけ。

五十五周年を迎えるにあたって、画期的で革新的な安全靴を開発するよう、社長に命じられているのだ。

あれってどうなったんだろ。

「残業？」

「社史のことでちょっと」

「そう言えば二ヶ月くらい前に、総務部の女の子が、私んとこに取材にきたよ。商品について訊《き》かれると思ったら、ゴサロとの出逢いを教えてくださいだって。あれ、ほんとに社史に載るの？」

いまからその原稿を読みにいくのだと言いかけたが、「ゴサロ、見なかった？」

と衣笠に遮られてしまう。

「いや、見てないけど」

「明日からの三連休、ウチで面倒みなくちゃいけなくてさ。見かけたら、ＬＩＮＥくんない？」

衣笠はそれだけ言うと、階段を駆け足でおりていった。


〈我が御後安全靴株式会社が創業以来五十五年の今日まで発展を遂げることができた原動力のひとつとして、忘れてはならないのは本社の飼い猫達の存在ではないでしょうか。いくらなんでも大袈裟《おおげさ》過ぎるだろうと疑う方がいるかもしれません。そこで本稿では社内外の方々の証言を元に、これがまぎれもない事実であることを詳《つまび》らかにしていきたいと思います〉

出だしを読んで大立はひとりで笑ってしまった。しかし執筆者である伊境は大真《おおま》面目《じめ》に書いたにちがいない。プリントアウトした原稿は十枚以上あり、左上をクリップで留めてあった。

〈はじめに歴代の猫の名前と本社で過ごしていた期間を挙げておきます。

初代　チンジュ（一九七二（昭和四十七）年一月中旬～一九八三（昭和五十八）年七月七日）

二代目　サンショー（一九八五（昭和六十）年七月十八日～一九九九（平成十一）年十二月三日）
三代目　メルシー（二〇〇一（平成十三）年三月十九日～二〇一九（平成三十一）年三月十二日）
四代目　ゴサロ（二〇一九（令和元）年五月十五日～）
四匹の名前は一見、共通点がないように思われるかもしれませんが、じつはあります。これについてはそれぞれの猫の項で説明させていただきます〉

話は半年前に戻る。

大立は今年度早々、社長から社史編纂委員会の副リーダーに任ぜられた。リーダーは社長だ。サクランボと洋梨の畑に囲まれた辺鄙《へんぴ》な場所にある、従業員が東京支社を入れても七十人強の中小企業の社史なんてつくってどうすると思ったが、来年の晩秋におこなわれる創立五十五周年記念式典で配布するのだという。

ただ単に会社の歴史を振り返るだけでは退屈でつまらないからな。我が社の魅力が存分に伝わるよう、老若男女社内外だれもが読んで楽しめるエンターテインメント性が高い社史をつくりたいんだ。

いつもどおりアイデアと呼ぶには具体性に欠け、やはりただの思いつきに過ぎない。これをカタチにしなければならないのかと考えると気が重かった。会社案内のパンフレットなど、たった八ページにもかかわらず完成するまでに四ヶ月かかったからだ。

このときは会社のなにをどうアピールすべきかを考え、掲載するコンテンツを決め、デザイナーにカメラマン、印刷会社などをネットで検索し、予算内で収まりそうなところを選んで依頼した。それだけではない。キャッチコピーに商品紹介、企業理念や会社概要と沿革はまだしも、いつも間近にいるきみならば、私の気持ちはよくわかっているはずだと言われ、社長挨拶まで大立が書いたのである。

社史をつくるのだってリーダーを名乗りながらも、社長が実務に携わるはずがない。そこで大立は各部署ひとりずつ、自薦他薦問わず集め、社史編纂委員会を立ちあげるのはどうかと提案した。

俺もいまそう言おうと思ったところだ。

そんなはずないだろとは言わず、ではそのように進めさせてもらいますと大立は答えた。すると社長はさらにこう付け加えた。

その前に社史のこと、ジイサン達に話して許可もらってくんない？

ジイサン達とはもちろん古参カルテットの面々だ。社長の思いつきを彼らに伝えるのも、いつからか大立の役目だった。ふだんは一悶着《ひともんちゃく》あるのだが、社史に関してはあっさり通った。四人ともえらく前向きで、いくらでも協力する、なんでも話を聞きにきなさいとまで言われた。

かくしてゴールデンウィーク直前の金曜日、社史編纂委員会のはじめての会議をおこなった。まずは顔合わせである。場所は本社ビル最上階の三階、社長室横の小会議室なのだが、社長の指示で、その日から社史編纂室として使うことになった。

自分を含めて七人もいればどうにかなると考えていたが、委員会のメンバーを目《ま》の当たりにした途端、大立は不安に駆られた。定年間近の三人、入社二年以下の若手が三人だったのだ。

よく考えてみれば、いや、さほど考えなくても、どこの部署も自分達の仕事に専念して、利益をあげたほうが会社のためになる。デキる社員であれば尚更だ。となれば社史編纂委員会のメンバーが戦力外社員になるのは当然といっていい。

小会議室は十畳ほどで、細長い楕円形のテーブルを挟んで、そう決めたわけでもないのに、定年間近組と若手組に自然と分かれた。大立は若手組の右端に座る。

ともかく所属部署とフルネーム、そして社歴と簡単な自己紹介をそれぞれしてもらった。大立もである。社長はその日、取引先と接待ゴルフだった。キャバ嬢も数人引き連れていくのだと、本人が自慢げに話すのを、大立は前日に聞いていた。

自己紹介は五分とかからずにおわってしまった。顔合わせとはいえ、これで解散してはあまりに意味がない。

「みなさんはどんな社史をつくってみたいですか」

その問いを投げかけてすぐ、大立は後悔した。だれも答えず、部屋の空気が重くなるだけだったのである。ひとりずつ順番に言ってもらおうかとしたときだ。

「ほだなこども、おらだで決めねどいげねぇのが」

定年間近組のひとりが言った。不満げで苛《いら》つきを隠し切れずにいる彼は製作部の西浦恭助《にしうらきょうすけ》だ。訛《なま》りが強いのは、生まれも育ちも、たぶん骨を埋《うず》めるのも、この町だからだ。

御後安全靴は本革製が主力商品である。その工程は裁断、縫製、吊込み、底付けなどほとんどが手作業だからか、製作部は職人気質の社員が多かった。その中でも西浦は最右翼だった。腕がいいのに頑固で融通が利かず、しかも口が悪いと有名で、工場でよく揉《も》め事を起こすため、製作部の中でさえ腫《は》れ物扱いされていた。

「それぞれ意見をだしあって、考えていけたらいいかなと思いまして」

「めんどぐせえ。言われだどおりのごとすっからそれ言え」

「西浦さんはなにができます?」

「おらは靴すかつぐれね男だ、他にはなんもでぎね」

開き直られても困る。しかも部屋の空気はさらに重くなってしまった。どうしたものかと考えていると、どこからか猫の鳴き声がする。いつの間にか小会議室改め社史編纂室にゴサロが訪れていた。本社ビルのドアにはすべて猫扉があって、自由に出入りできるようになっている。先代のメルシーのときにそうしたのだ。

会議や打ちあわせ、ランチタイムなど、社内でひとが集まっていると、きみ達なにをしているんだねと、ゴサロは近寄ってきた。ドアや壁の向こう側でも声で気づくようだ。

白・黒・茶色の三色が均等に配色されている。とくに顔は左側が黒、右側が茶色、鼻から下が白と、キレイに分かれていた。だがゴサロのいちばんの特徴と言えば、三毛猫なのにオスであることだった。なんでも猫は黒と茶色を決める遺伝子が、性別を決定づける性染色体上にあって、そのせいで三毛猫およびサビ猫はメスばかり、オスが生まれる確率は三万匹に一匹らしい。

自分が特別な存在と知ってか知らずか、いや、知っているはずはないのだが、ゴサロの態度は成長するにつれ、尊大になってきた。いまもそうだ。尻尾《しっぽ》を揺らしながら部屋の中を悠々と歩く姿は、貫禄《かんろく》さえ感じる。七人はなにも言わずにしばらくゴサロを目で追っていた。

おっと、そうだ。

大立は腰をあげると、スマホをゴサロにむけ、録画をはじめた。ショート動画をSNSにアップするためだ。これもまた社長の思いつきである。

やがてゴサロは空いた椅子《いす》にひょいと飛び乗った。西浦の左隣だ。前足二本を揃《そろ》え、後ろ足を曲げて座り、背筋をピンと伸ばし、みんなから肩から上が見える姿勢となった。

それできみ達、どこまで話は進んだのかな。

そう言っているとしか思えない顔つきで一同を見回している。すると隣の西浦がゴサロにむかってこう言った。

「なんだ、おめ。遅刻すてぎだぐせにえらそうにすて。すまねの一言もねのが」

大立は思わず笑ってしまう。他のひと達もだ。頑固で融通が利かない西浦が、猫を相手に冗談を口にするなんて、思いもしなかったからだろう。おかげで重かった空気が一気に軽くなった。だがゴサロは不服そうに鳴いた。

なんだね、きみ達。なにがおかしい?

「あの」

社史編纂委員会唯一の女性、総務部経理課、伊境《はたち》ひかりが手を挙げた。入社二年目で二十歳前の彼女は、白のブラウスにグレイのベストと会社の制服を着ていながら高校生にしか見えない。生真面目で口数が少なく、ほぼノーメイクで、髪の毛にはいつも寝癖がついている。いまもあちこちの髪がハネていた。事務仕事なので社外のひととはあまり会わないにせよ、もう少し外見に気を遣ったらどうかと注意されても改めようとしなかった。あるいはどうしていいのかわからないのかもしれない。

「どうした、伊境さん」

できるだけ伊境に圧をかけないよう、大立はなるべく柔らかな口調を試みた。ここ数年は社長をはじめとした目上のひと達よりも、若い子達のほうに気を遣いがちだ。

「橋本《はしもと》さんから聞いたんですが」橋本は経理課の女性で、伊境より一回り年上の三《み》十路《そじ》前だが、髪の毛を金色に染め、メイクもネイルも毎日、ばっちり決めているギャル社員だ。「猫が会長の命を救ったって話、ほんとですか」

「んだ」と西浦。

「どうやって救ったんです?」

伊境がなおも訊《たず》ねた。興味深そうな表情で、身を乗りだしてさえいる。こんな積極的な彼女を見るのははじめてだ。西浦も驚いたらしい。目をぱちくりさせながらも答えた。

「会長が若《わ》え頃《け》、会社を興した翌年の冬、鎮守様の階段の下で雪の日さ、バイクで転んでノースィントー起こすて気ぃ失ってたんだ。まだ夜明け前でまわりにはだれもいねぐで、鎮守様に住んどった野良猫が見づげでな。宮司さんさ知らせにいったんだ。おかげでキュースにイッショーえたんよ。あど五分遅れでだら、おらはこの世にいねがったって、会長はよく話すてたもんだ」

大立も何度か聞いていた。新年会や忘年会、花見、慰安旅行などの酒席で、イイ感じに酔っ払ってくると、会長本人がこの話を決まって披露したからだ。会長が御国訛りで語ると、体験談というより、どこか民話のような趣《おもむき》があった。皺《しわ》だらけで赤ら顔のオジイサンが、みゃあみゃあと猫の鳴き声を真似ると、社員みんなが笑い転げたものだった。

「きみ達はいまの話、知ってる?」

伊境を挟んだ若手ふたりに大立が訊ねてみたところ、どちらも首を傾げるばかりだ。やむを得ない。御後安全靴の創業者であり、初代社長にして会長、御後悟《さとる》は三年前の夏、肺炎で亡くなっている。享年八十四だった。会長からチンジュの話を最後に聞いたのは、たぶん令和元年の忘年会だったはずだ。四年ほど前だが、コロナ禍以前の出来事は、えらく遠い昔のように思えてしまう。

ちなみに現社長は御後悟の婿養子だ。御後安全靴の営業だった彼は総務部で働いていた御後悟のひとり娘、護子《もりこ》と結婚すると同時に、二代目社長を引き継いだ。そして御後悟は現役を退き、会長になったのである。とは言っても亡くなる直前まで、御後安全靴の実権を握っていた。

「鎮守様に住んでいたからチンジュって言うんですね」

我が意を得たりとばかりに伊境は頷《うなず》く。

ゴサロがまた鳴く。

きみ達、仕事の話をせんかね、仕事の話を。

大立にはそう聞こえた。そこで社史に話を戻そうとしたときだ。

「はいっ」伊境がさきほどより潑剌《はつらつ》とした声をあげた。挙げた手もまっすぐ上にむかって伸ばしている。「大立さんが、どんな社史をつくってみたいかとおっしゃっていましたが、歴代の飼い猫達について、きちんと記しておくべきではないでしょうか」

「ええごど言う」西浦が真っ先に賛成した。「まったぐそのどおりだ」他のみんなからも、「それはいい」「ぜひそうしよう」と声があがる。

「だったらどうだろ。その項目を伊境さんが書くっていうのは？」

大立は提案してみた。深い考えはなく、その場のノリのようなものだ。だがつぎの瞬間、後悔した。伊境がフリーズしてしまっていたからだ。

「無理ならばいいんだ。これはけっして強制ではなくて」

「や、やります」言い繕う大立を遮るように伊境は言った。ほとんど叫び声だった。
「この会社の飼い猫達について、私に書かせてください」

伊境の並々ならぬ意気込みに、社史編纂委員会の他のメンバーも感化されたらしく、顔あわせだけのはずだったはじめての会議はみんながみんな、発言が活発になった。

全商品の資料は段ボール箱に詰めこんで倉庫に入れっ放しだから、引っ張りだして整理しよう、OBに取材をするなら呑《の》みに誘えば必ずくるし、なんだってしゃべる、ぼくはパソコンが得意だからレイアウトなら任せてください、中学生のときに全国作文コンクールで『未来の自分へ』というタイトルで銀賞を獲った実績があるので多少は文章の心得がある、といった具合に、それぞれの役割分担まで決まった。

おらは靴すかつぐれね男だ、他にはなんもできねと言う西浦には、だったら靴のことならなんでもご存じなんですよね、どんな素材がいいのか、どうやってつくれば頑丈で安全な靴ができるのかをわかりやすく、写真付きで紹介するのはいかがでしょうと提案すると、そんぐらいならお安い御用だとノリノリで楽しげだった。

大いに盛り上がる会議の中、ゴサロは飽きたらしく、いつの間にか椅子の上で身体《からだ》を丸めて眠っていた。その姿も大立はスマホで撮影し、会議がおわったあと、

SNSにアップした。

社史の印刷および製本諸々は、会社案内のパンフレットその他を請け負ってくれているオシドリ印刷にお願いした。地域密着型の会社で、学校の卒業アルバムを多く手がけ、社史もつくっていたのだ。窓口となる営業の男性は七十歳近くでありながらも、オシドリ印刷の番頭的存在で、印刷についてのあらゆる知識が頭に詰めこまれているだけではなく、新たな技術に関しても日々仕入れており、あれこれ相談に乗ってもらった。

たとえばスケジュールに関して言えば、資料の収集および整理、年表作成、社員OBや取引先への取材やインタビュー、それに基づいた執筆などの工程にだいたい一年、ここからデザインやレイアウト、思った以上に時間がかかるのが修正作業で、半年は見ておいたほうがいいと忠告するように言われた。さらに原稿などの誤りや不備な点を調べて訂正する、いわゆる校閲《こうえつ》はプロに任せるべきだと、紹介してもらった。

社史編纂委員会はその後、週に一回は社史編纂室に集まって会議を開き、それぞれの進捗《しんちょく》状況の報告と、社史ぜんたいの構成も話しあった。そして夏前にはB5判の上製本、紙は白色のコート紙系、全ページフルカラーの百二十八頁と体裁まで決まり、オシドリ印刷に束見本をつくってもらった。これを委員会のメンバーに見せたところ、テンションが異様に高まった。

そして一回目の会議から半年が経った。取材先で動画を撮ったつもりがRECボタンのオンオフを勘違いして、なにも撮影できていなかったとか、社員OBへのインタビューを兼ねて居酒屋で呑んでいるうちに、どちらも泥酔して肝心な話がまるで聞きだせなかったとか、商品の資料と思って開いた段ボール箱がAVのビデオテープでいっぱいだったとか、多少のトラブルはあるにはあった。しかしいまはまだスケジュールどおり、順調に進んでいると言っていいだろう。

委員会のリーダーである社長は、ときどき会議に顔をだして、みんなの話をおとなしく聞くだけで、とくに口だししなかった。思いつきで言ったときがいちばんのピークなのだ。会議の出席率は、社長よりもゴサロのほうが高いくらいだった。

伊境は歴代の飼い猫四匹に関して書くにあたって、社内外のひと達に、こまめな取材をおこなっていた。たとえば社史編纂委員会のメンバーのひとりが、社員OBに商品開発の過程を訊きにいく際に同行し、本題がおわったあと、ところで現役時代、会社で飼っていた猫について、印象に残っていることがあれば教えてくださいと訊ね、相手を面食らわせた。それでもだれもがみな、飼い猫達のエピソードがひとつかふたつ必ずあって、相好を崩しながら話してくれるらしい。

こうしてかき集めた情報を元に、伊境が原稿を書きはじめたのはほぼひと月前だった。どう書けばいいのか訊かれ、伊境さんが思ったとおりに書けばいいとアドバイスしたのだが、納得してもらえなかった。そこで社長のために書いた、プレゼン用のスピーチ原稿を渡した。物事を順序立てて、五歳の子どもから百歳のお年寄りまでわかるように心がけている点が、参考になると思ったのだ。そのせいか、伊境の原稿はですます調で、読み手に語りかけているようだった。

〈初代のチンジュが、どうやって御後安全靴の飼い猫になったのか、まずはこちらの新聞記事を読んでいただきましょう。

『ニャンともお手柄！　バイクで転倒した男性を猫が救助』

警察署は24日、富渡町でバイクの転倒事故を起こした三十四歳の男性を救出したとして近くに住む宮司と猫に感謝状を贈呈した。

同署によると、14日午前5時ごろ、富渡町の兎戸《とと》神宮の宮司、昭山《あきやま》三善《みよし》さん(45)と息子の葉介《ようすけ》くん(10)が境内を雪かきしていたところ、一匹の猫が参道である石段を駆け上がってきた。訴えるように鳴くので、猫のあとをついて石段をおりていくと、横転したバイクと運転手の男性を発見、119番通報をした。この男性は運転を誤って、道路脇の工事現場に突っ込み転倒。その弾みで頭を強打して意識不明だったが、病院に運ばれ、緊急手術が施され、一命を取りとめることができた。他に大きな怪我《けが》はなく、順調に快復している。

兎戸神宮には数匹の野良猫が住みつき、宮司だけでなく近所の住民がエサをやって面倒を見ている。今回、お手柄を立てたオス猫はそのうちの一匹。署でおこなわれた贈呈式では、猫は昭山さんに抱かれながら出席した。野良猫だが人懐っこく、報道陣からカメラを向けられるといやがるどころか、映画スターよろしく愛嬌《あいきょう》を振りまいていた。〉

伊境は県庁所在地の県立図書館まで足を運び、五十三年前の地方紙に掲載されたこの記事を見つけだしてきた。

〈バイク事故を起こした三十四歳の男性〉はもちろん御後悟会長である。昭山三善は二十年以上前に亡くなっているが、息子の葉介は兎戸神宮を引き継ぎ、六十三歳になったいまも宮司を務めている。伊境は彼のもとへいき、当時の話を聞きだしていた。

〈「親父はあの猫をのらくろと呼んでいましたよ。ぱっと見、黒一色なんだけど、口元と四本の足先だけが白くてね。おふくろは猫に犬の名前をつけるのはおかしいと笑っていましたよ。でも言われてみれば、たしかに顔つきも、のらくろにそっくりだったなぁ」〉

〈のらくろ〉に鉛筆で米印がついており、伊境の文字で〈絵付きで注釈いれるべきでしょうか〉と書いてあった。取材をしたとき、のらくろってなんですかと伊境は葉介に訊ねたそうだ。大立もよくは知らなかった。ネットで検索したところ、一九三〇年代の漫画なのだが、会長がバイク事故を起こした少し前、一九七〇年から七一年にかけての半年間、テレビでアニメが放映されていたのがわかった。葉介はそれを見ていたのかもしれない。年配の社員OBや古参カルテットなどからも、チンジュがのらくろに似ていた話はちょこちょこでていた。

〈「会長さんは年明けには退院して、松が取れないうちに、奥さんとふたりで我が家にいらっしゃって」〉伊境の原稿は葉介の話がつづく。〈「自分の命を救ってくれた恩返しをしたい、我が家で飼いたいと親父に頼んだんですよ。まあ、ウチで飼っているのではありませんし、そこまでおっしゃるのであれば、ぜひどうぞと。でもその日は境内にあの猫はいませんでね。私も捜したんで、よく覚えています。後日改めて会長さんか奥さんが連れ帰ったんでしょうが、そのへんは記憶になくて。冬休みがおわって、私が小学校にいっているあいだだったかもしれませんな」〉

葉介には父親の日記まで確認してもらったが、チンジュを譲り受けた日時ははっきりしなかった。ただし古参カルテットのひとりが家のアルバムに貼ってあったという一枚の写真を、伊境は受け取っていた。

〈これは会長の快気祝いと御後安全靴の新年会を兼ねた宴会の集合写真です。裏側

には〈S47／1／23〉と記されていました〉

　原稿には写真が嵌《は》めこまれていた。御後悟会長と経理その他雑務担当の奥さんを含め、社員はぜんぶで十人、その中には二十歳前後の古参カルテットが四人ともいる。みんな浴衣《ゆかた》姿なのは、宴会の会場が富渡町内の温泉宿だったからだ。のらくろ似のチンジュは会長の奥さんの前で、置物のように鎮座していた。その顔はなるほど、ネットで見つけたのらくろの絵にそっくりだった。

〈創業当時の御後安全靴はいまとおなじ場所で、二階建ての一軒家、自宅の一階が事務所と工場《こうば》でした。つまりチンジュは御後家の飼い猫ではあったものの、社員みんなに可愛《かわい》がられていました〉

　その後、御後安全靴は徐々に右肩上がりに成長していき、二度の石油ショックをものともせず、一九七〇年代後半には社員数が三十人に膨れあがり、自宅の一階だけでは場所が足らなくなった。ちょうどおなじ頃、会長の娘が生まれたこともあり、社員総出で庭にプレハブ小屋を拵《こしら》えて、事務所と工場をそちらに移動した。

　チンジュは一九八三（昭和五十八）年七月七日に亡くなった。二ヶ月ほど前から足腰が立たず、寝たきりの生活だったらしい。もらわれたとき、すでに仔猫《こねこ》と呼ぶには大きかったので、二、三歳だったと思われる。それから御後安全靴で過ごすこと十一年半、亡くなったのは十三、四歳だったのでは、と伊境は書いていた。

〈いまでこそ飼い猫の平均寿命は十六歳近くまで伸びていますが、二〇〇〇年には八歳にも満たなかったそうです。そう考えるとチンジュは当時の猫としては長寿だったと言えるでしょう〉

二代目のサンショーを飼うまで、二年以上あいだが空く。この空白期間の理由を会長のひとり娘、現社長夫人の護子はこう語っていた。

〈「チンジュを亡くしたショックが大きかったのよ。両親はもちろん社員さん達も、いまの言葉で言えばチンジュロスね。私もそうだったけど、それとおなじくらい、やっぱり猫がほしい、飼いたいと心の底で思っていたんじゃないかしら。だから小学三年生のとき、あんな真似をしでかしたわけで」〉

護子が通っていた富渡町第三小学校の校舎裏は墓地と隣接しており、足を踏み入れて息をしていると魂が抜かれてしまうなんて根も葉もないデマがあった。日中でも陽が射さず、不気味なのは事実だったため、校舎裏にある焼却炉《しょうきゃくろ》へ紙ゴミを捨てにいくのを、生徒はみんな嫌がっていたそうだ。

〈「その日は私の番で、放課後の掃除の時間、紙くずを捨てにいったあと、非常階段下の草むらの中に、仔猫を見つけたんだ。そのときは逃げられちゃって。だから私、つぎの日、捨てずに残してあったチンジュのエサを学校に持っていって、おなじ時間におなじ場所で待ちかまえていたの。でも一時間待っても姿を見せないんで、エサを置いてってたんだ。そしたらつぎの日、エサがなくなっていたんだよね。これを毎日つづけた結果、十日後には仔猫と巡り逢えたんだ。それからは私がくるのを待つようになって」〉

護子は家から段ボール箱とタオルを数枚持っていって、猫の家をつくってあげたそうだ。非常階段は校舎裏の奥まった場所なので、だれにも気づかれず、一階と二階の踊り場が屋根代わりになり、雨をしのげた。だけど猫をウチに連れて帰ろうとは思わなかったのですかと伊境が訊ねると、護子はこう答えていた。

〈「この猫は学校にいたのだから学校のものだ、連れて帰ったら泥棒になってしまうと思ったの。そのくせ学校には秘密で育てていたんだから変よね（笑）」〉

ひとりで育てていたのではない。信用がおける友達数人に協力を求めたのだが、気づけば一ヶ月後にはクラスのみんなに知れ渡ってしまった。ただしこれが却《かえ》ってよかった。四十人近いクラスメイトは思いもよらぬ団結力を発揮し、猫について先生や他のクラスの子は当然ながら、親きょうだいにも、ぜったい話さなかった。

それでもこの秘密は二ヶ月半でバレてしまう。担任の先生が勘づいたのである。焼却炉へのゴミ捨て係を、クラスの子達がだれひとり嫌がらず、足取り軽く嬉々《きき》とするのを見て、不審に思ったのがきっかけだった。子ども達は毎日かわりばんこで、ゴミを捨てにいくとき、猫にエサを与えていたのだ。

〈「担任は二十代なかばの若い男の先生でね。猫を見つけても、私達を叱《しか》らずに、生き物の命を大切にするきみ達の心に感動したって褒めてくれてさ。校長先生に学校で飼えるよう交渉までしてくれたんだけど、却下されちゃったの。どっちにせよ、もうじき夏休みで、そのあいだ猫を学校に置いとけない、さあ、どうしようってなって、見つけたのは私だし、ウチで引き取ることになったんだ」〉

猫は灰色より銀色に近い毛色に、黒の縞《しま》模様が入った、いわゆるサバトラだった。富渡町第三小学校からきたので、サンショーの猫と呼んでいたのが、いつしか名前になったらしい。

〈二ヶ月半ものあいだ、大勢の子ども達に面倒を見てもらっていたからか、あるいは生まれついての性格なのか、サンショーはとても人懐っこく、どんなひとに撫《な》でられたり抱っこされたりしても嫌がらず、御後安全靴の社員達にもすぐに馴染みました。弊社を訪れる取引先や業者の方々にも可愛がってもらい、お中元とお歳暮にサンショーのエサが送られてもきたほどです。そんな人気者のサンショーがたった一度だけ、大暴れしたことがありました。それも来訪者を相手にです。でもこれがのちに御後安全靴を救うことになろうとは、だれひとり想像ができませんでした。

まだ世の中にお金と気持ちの余裕があった一九九〇（平成二）年、××××から御後安全靴を買い取りたいと話を持ちかけられました〉

××××は実名で書いてあった。さすがに実名はまずかろうと、大立はその社名に赤ペンで丸をして、〈某社とすべき〉と書きこんだ。

××××は当時、飛ぶ鳥を落とす勢いの大手スポーツ用品メーカーだった。登山靴メーカーとして創業したのち、野球やサッカー、テニス、ランニングなどスポーツ全般の靴を製造販売していた。この先、安全靴も展開したいのだが、自社にはノウハウがなく、ゼロから開発するのは厳しい。そこで御後安全靴の買収に乗りだしてきたのだ。

サンショーを飼いはじめてから一九八〇年代後半、御後安全靴は、県内の中小優良企業ランキングではベストテンに入り、東京に支社を設け、社員数は五十人前後、庭のプレハブ小屋は三つに増えていた。

××××との交渉役を務めた社員OBに、伊境は取材をしている。

〈「当時、私は五十歳手前で、総務部長でした。お盆前のある日、今日の夕方に××××がくるから同席してほしいって、社長に言われましてね。××××がウチの会社になんの用でくるんですかと訊くと、ウチを買収したいそうだって。そりゃあ驚きましたよ。なんでも××××から社長宛に書面と電話で何度か連絡があったそうで、あんまりしつこいんで、いっぺん会って話を聞くことにした、もちろん買収なんて断るさと笑いながらおっしゃっていたんですがね。訪ねてきたのは男性コンビで、どちらも背は低いが恰幅《かっぷく》がよくって、双子みたいによく似ていました。名の知れた大手メーカーだからといって、居丈高な態度はとらず、終始へりくだった口調で、××××の傘下に入れば経営は安定、大量仕入れによるコスト削減、設備投資も潤沢《じゅんたく》にできて生産効率は向上、その結果、社員達の雇用を守れるどころか、給与のアップも見こめますと、オイシイ話をつぎつぎと並べていったんです。御後安全靴とほぼおなじスケールで、すでに買収済みの会社の成功例を挙げるので真実味がある。××××はバブル前から、国内外のあらゆる業種の会社を買収していたので、そういった折衝はお手の物だったのでしょう。実際、社長も私もすっかりその気になり、××××に託せば、我々に明るい未来が訪れると信じこんでいました。社員達にもそう伝えると、社長が言うのであれば間違いあるまい、なによりも御後安全靴の名前は残るけれど、××××の社員になれるというので、浮かれていたくらいです。そんなみんなの目を醒《さ》ましてくれたのが、サンショーでした」〉

「おおっと」大立は思わず声をあげた。足元にゴサロがいたのだ。いつの間にか入ってきたらしい。

「脅かすなよ」

文句を言ってもゴサロは素知らぬ顔で、大立の隣の椅子にひょいと飛び乗り、さらにテーブルにのぼった。そして大立のほうをむいたまま、四本の足を折り畳み、自分の身体にしまいこむようにして座る。いわゆる香箱《こうばこ》座りだ。

「おまえ、衣笠さんが捜していたぞ」

だからなんだ？　とばかりにゴサロが睨《にら》んできた。

「しょうがねぇな、まったく」

〈ゴサロ見つけた。社史編纂室（小会議室）にいる〉と衣笠にＬＩＮＥを送り、伊境の原稿に視線を落とす。


〈「話はトントン拍子に進んで、譲渡条件もだいぶ固まったおなじ年の暮れでした。雪が降り積もる中、訪れた××××のコンビを社長宅の客間にお通しして、コタツを囲んで契約書の最終確認をしていると、サンショーがひょっこりあらわれました。いつもならばはじめて会うお客さんにも甘えた声をだして、近寄っていくのに、そのときは少し様子がちがった。××××のコンビにはそうはせずに、訝《いぶか》しげな顔をして、しっぽをぱたぱたとさせたのです」〉

犬とちがって、猫がしっぽをパタつかせるのは嫌いな相手を前にしたときなのだ。

〈「そしてなにを思ったのか、コタツに飛び乗ると、契約書の上に座りこみましてね。××××のコンビが苦笑いを浮かべながら、どかそうとしても微動だにしないで、しゃぁああと威嚇《いかく》しはじめ、遂には××××のひとりが差しだした手を引っ掻《か》いてしまった。するとつぎの瞬間、サンショーは宙を舞っていました。××××のもうひとりが、相棒の仕返しとばかりに、ひどい罵声《ばせい》とともにサンショーの首根っこを摑《つか》んで放り投げたんです。でもサンショーは身を捻《ひね》り、床の間にあった熊の彫り物の隣に着地するなり、××××のコンビに飛びかかって反撃しました。社長と私はなす術《すべ》がなく、騒ぎを聞きつけた護子さんがやってきて、サンショーを一喝《いっかつ》したので、その場はどうにか収まりました」

大立は少なからず驚いた。××××と交渉が決裂し、買収されずにすんだ話はうっすら知っていた。だが御後安全靴にとっては黒歴史で、××××の名前を表立って口にするのはなんとなくタブーとされていたのである。

〈「そりゃあもう、××××のふたりとも顔や手にひどい引っ掻き傷ができていましたよ。でもだからって、あちらから買収の件を取り消したのではありません。社長が断ったんです。あの温厚でどんな相手にも親密に接するサンショーが、あれほど敵意を剝《む》きだしにしたのには理由があるはずだとおっしゃっていました。なにを莫迦《ばか》なと思うかもしれませんが、同席していた私もサンショーの尋常ではない暴れ方を見て、おなじことを思ったものです。そして間違ってはいなかった。それから三年も経たないうちに××××は急速な事業拡大が裏目にでて、資金繰りが追いつかずに倒産してしまいましたからね。もしあのとき×××に買収されていたら、どうなっていたか、考えるだけで背筋が冷たくなりますよ。御後安全靴が創業五十五周年を無事迎えられるのも、サンショーのおかげと言っていい」〉

あとにも先にもサンショーが大暴れしたのは、この一度きりだったという。

一九九〇年代なかば、御後会長は町の中心街に新居を購入、もとの一軒家は会社の事務所として使えるよう、中身を改装した。この際、サンショーを新居で飼おうとしたが、会長だけでなく奥さんも経理部長として働いており、娘の護子も学校があるので、日中はサンショー一匹になってしまうため、毎日、会社に連れていくようになったらしい。

サンショーもチンジュと同様、長生きだった。小学校の非常階段下で見つけたとき、八歳だった護子はサンショーの死を看取ったときには二十三歳、県庁所在地にある国立大学をでて、地元の信用金庫に勤めていた。

がちゃり。

ドアがわずかに開く。その隙間《すきま》から衣笠が顔をのぞかせた。

「いたいた。捜したぞ、ゴサロ」

名前を呼ばれてもゴサロは衣笠を一瞥《いちべつ》もせずに、香箱座りのままだ。

「大立くん、まだ仕事？」

「うん、ああ。でもこれ読みおえたら帰るんで、あと五分くらいかな」

「車だよね」と言いながら、衣笠は部屋に入ってきた。ケージを持っているのに、ゴサロをそれに入れようとはせず、テーブルを挟んで大立の真正面に座った。「ゴ

「ゴサロと私、ウチまで送ってくんない？」

「また充電し損ねた？」

「そうなんだよねぇ」

衣笠は照れ臭そうに笑う。なんの充電かと言えば、彼女が通勤に使っている電動バイクのバッテリーだ。朝、会社にきたら充電しておけばいいものを、ちょくちょくし忘れていた。入社以来十五年、管理費・共益費込み五万五千円の1LDKのアパートで暮らしている。

「歩いて帰れない距離じゃないけど、ゴサロを運ぶとなると大変なんだよねぇ」

「いいよ」少し遠回りにはなるが、唯一の同期の願いを無下にはできない。

「なに読んでるの？」

「きみを取材した経理の子が書いた社史の原稿。会社で飼っていた歴代の猫について書いてて」

「面白そう。私にも読ませて」

大立はクリップを外し、読みおえたところまでの原稿を衣笠に渡す。そして自分はさきほどのつづきを読みだした。

〈ここまでお読みになられてお気づきの方もいらっしゃるでしょうが、チンジュもサンショーも拾われてきた場所が名前になっています。三匹目のメルシーもそうでした〉

富渡町役場前の通り沿いに、十軒ほどの呑み屋が軒を並べていて、御後安全靴の社員が会社おわりに呑みにいくとしたらこの一角だけだった。メルシーはそのうちの一軒で、カウンター席のみ、十人で満席のスナックだった。いまも営業しており、アラエイティと思《おぼ》しき明海《あけみ》ママは現役バリバリである。

大立もときどき足を運ぶ。ただし自ら進んではいかない。二、三ヶ月にいっぺん、古参カルテットに呼びだされるのが、ここだった。そしてすっかりできあがった四人に、社長の動向についてあれこれ訊かれ、しまいには絡まれるのが常だった。どうして俺がこんな目にあわなくちゃいけないんだと自分の運命を呪っていると、明海ママが、「カラオケ唄《うた》べ」と救ってくれた。

〈「日記はつけてねんだげど、帳簿にその日にあったことを一言書くようにすてんの。それで調べだら、あの猫ちゃんば拾ったのは二〇〇一（平成十三）年の三月十

九日だったわ」〉

伊境の取材に明海ママはそう答えていた。

〈「その日の夕方、開店の準備すてだら、どこがらかみゃあみゃあと猫の鳴ぎ声が聞ごえできたの。でも店ん中だけでねぐでまわりを捜すでもいなぐって。そうこうしてたら、御後安全靴の社員さん達が何人かきたんで、事情を話すたらみんなで捜すてくれて、客席側の壁ん中にいるってわがってな。おら達があとで直すから、壁を壊すて猫を救っでいいかって拝まれて、そのままにすておげねえがら、お願いすたんだ」〉

社員達は一旦、会社に戻り、工具を持ってくると、すぐさま作業に取りかかった。伊境は明海ママの取材後、社内を訊いてまわり、このときのメンバーを見つけだした。製造部の四人で、そのうちのひとりは西浦だった。

三時間以上かけて壁に数ヶ所、穴を開け、ようやく猫を救えた。そしてチンジュとサンショーのかかりつけだった富渡動物病院へ連れていった。そのとき診ていただいた若先生はいま、病院を引き継ぎ、院長先生になっており、伊境は彼にも取材している。

〈「生後三週間くらいで、まだ離乳前だったよ。母猫と換気扇の排気口からでも侵入して、屋根裏とかに身を潜《ひそ》めていたのが、なにかのはずみで壁の隙間に落ちちゃ

ったんだろうなあ。それにしても御後安全靴のみなさんは、猫に対する愛情はハンパじゃないよね（笑）」〉

救出した仔猫を会社で飼おうとだれが言いだしたのか、伊境が西浦に訊ねたところ、だれが言うでもなく、そうするのが当然のように思っていたそうだ。社長だった御後悟をはじめ、会社のみんなもすんなり受け入れた。

〈メルシーは茶トラのオスで、顔は茶色と白に八の字に分かれている、いわゆるハチワレでした。これまでの二匹は比較的、引きこもりがちで、表にでるにしても会社の敷地内をうろつく程度だったのですが、メルシーはちがいました。遠出を好み、二、三日姿をくらますことがよくあって、しかも猫本来の狩猟本能に優れており、ネズミやカエル、モグラ、スズメ、トカゲ、セミ、バッタ、川魚など、外出先で捕まえてきた獲物を持ち帰り、事務所となった一軒家の玄関前に置いていたそうです。喧嘩《けんか》っ早《ぱや》く、猫だけにかぎらず、狸《たぬき》やアライグマ、ハクビシンなどとも争う姿も何度か目撃されていました。おかげで傷が絶えず、社員が応急手当をして、動物病院へ運ぶこともしばしばありました〉

大立はハクビシンの下に赤ペンで線を入れ、〈カラス〉と加えた。メルシーがカラス三羽と争っているのを、大立は見たことがあるのだ。

〈社員の有志で釣りにでかける際にメルシーを連れていくと、入れ食い状態の穴場

に案内してくれたそうです〉

メルシーのヤンチャな気質についても、富渡動物病院の院長先生は、あくまでもぼくの個人的な見解ですが、と前置きをしてからこう語っている。

〈「メルシーは御後安全靴のみなさんを、狩りひとつできない、か弱い生き物だと思ってて、だから自分が捕まえた獲物をあげたり、会社に近づく動物と戦ったりして守ろうとしていたのかもしれません」〉

これを立証するような出来事が起きたのは、メルシーが四歳半のときだった。

〈富渡町にお住まいの方であれば、二〇〇五（平成十七）年九月十九日、なにが起きた日か、おわかりでしょう。そうです、富渡竜巻です。

竜巻にはFスケールという強さの表示があり、0から5までの六段階のうち、富渡竜巻はF3で、約五秒間の平均が秒速七十八メートルだったそうです。日本ではこれまでF4以上は観測されていないので、史上最大級でした。

富渡町の中央を秒速十六メートルで横断、その被害範囲は東西に平均で五百メートル前後、南北に約六・五キロにも及びました。時間にして十分足らずだったにもかかわらず、家屋は全半壊あわせて百五十三戸、一部損壊約千百戸、多数の電柱が折損し、約一万戸で停電、乗用車ばかりか大型ダンプカーやマイクロバスまでもが横転、あるいは倒れた樹木や電柱の下敷きとなり、その数は千台を優に超え、サクランボや洋梨などの農作物の被害額はビニールハウスが壊れるなど農業用施設も含めて約五千万円にものぼり、死者こそでなかったものの、負傷者は五十五名でした〉

大立は東京に暮らす高校三年生だった。富渡竜巻についてはテレビや新聞など全国的に、けっこう大きく取り上げられていたらしいのだが、まるで記憶にない。

〈「あの日は三連休の最後、敬老の日だったけど、大型の台風が接近してたんで、工場として使ってたプレハブ小屋がだいぶガタがきてて、強風と大雨に耐えられないかもって、オヤジさんがメッチャ心配したんだよね。だから社員に会社にきてほしいって一斉メールして」〉

そう話すのは当時三十三歳で営業だった現社長、御後吾市だ。亡くなった会長は社長にとって義父なのだから、オヤジさんと呼ぶのは間違っていない。でもどこか白々しかった。

伊境はインタビューを文章に起こす際、相手の口調を忠実に再現できていた。知っているひとであれば声が聞こえてきそうなほどウマい。社長のもそうだった。だがこれはマズい。五十二歳にもなって、軽薄でチャラい本人が悪いのだが、もっと落ち着いた威厳のある口調に直すべきだろう。社史に載せるのであれば尚更だ。

〈「雨降る中、社員がほぼ全員集まって、オヤジさんの指示のもと、主要な機材や器具をトラック三台に積んで、昼前には市街に借りてる商品倉庫へ移しにいってたのね。でも俺は会社に残っていたんだ。さすがに事務所のほうは一軒家だし、平気かもしれないが、念のために契約書とか帳簿とか重要書類をウチに運ぶって、護子さんが言いだしてさぁ。ふたりで段ボール箱に詰めこんでたの。彼女、数年間務めてた信用金庫をやめて、御後安全靴に入って間もない頃でね。そんときは結婚どころか、つきあってもいなかったよ」〉

でもひとり残って手伝いをしたのは、彼女を狙っていたからじゃないのと大立は邪推する。

〈「昼を過ぎたあたりから、雨も風も強さを増して、さらに雷まで鳴りだしたもんだから、ふたりともすっかりビビっちゃって。一刻も早くここをでたほうがいいと思って、四、五箱あった段ボール箱の中で、いちばん重要な書類が入った一箱だけ抱え持ってさ。雨合羽《あまがっぱ》を着ててもほんの数メートル先の車に辿《たど》り着くまで、びしょ濡れになったよ。俺も車できてたけど、護子さんのっていうか、オヤジさんの車でいくことにしたんだ。ごっつい４ＷＤで、なによりもメルシーが乗っていたからね」〉

その頃、会社が休みだと、護子がメルシーを両親と暮らす自宅に連れ帰るのが常だった。ところがその日、会長と護子が４ＷＤで会社にむかったとき、いつの間にかメルシーが乗っていたそうだ。

〈「メルシーのヤツ、表は暴風雨で、雷まで鳴っているっていうのに、助手席で丸くなって寝てたんだぜ。すごくない？　ともかくエンジンをかけて４ＷＤをだして、畑ん中の一本道走っていたら、雨に混じって雹《ひょう》が降ってきて、ガンガンガンと車体に当たる音が鳴り響くわ、フロントガラスにヒビが入るわ、雷は終始鳴りっ放しで、五秒に一回は世界が真っ白になるわで、震えが止まらなくなったよ。助手席の護子さんなんか膝に載せたメルシーにしがみつくように抱きかかえていてさ。瞼《まぶた》をぎゅっと強くつむって、歯をガチガチ鳴らしていたよ。こんなことなら逃げたりせず、事務所にいればよかったって思っても、もう引き返せやしない。すると今度はゴォォォォォォって地鳴りみたいな音がするんで、バックミラーを見たら、そこに竜巻が映っていたんだ。灰色の雲の底から垂れ下がる、漏斗に似たカタチのが、うねうねとうねりながら、俺達を追いかけているようで、自然現象だとはわかっていても、巨大な化物にしか見えなかった。地鳴りに似た音は竜巻の音だったんだろうな。でも俺には段々と咆哮《ほうこう》に聞こえて、アイツに食われちまうんじゃねえかって、そんときはマジで思ったくらいよ」〉

大立は一旦、読むのをやめ、原稿から顔をあげる。臨場感溢《あふ》れる語り口に、自分もその場にいるような錯覚に陥り、息苦しくなったのだ。

どうした？　顔色が悪いぞ。

「だいじょうぶだよ」

香箱座りのゴサロと目があい、訊かれた気がしたので、うっかり声にだして答えてしまう。しかし真向かいの衣笠は原稿に夢中で、気づかなかったようだ。咳払《せきばら》いをひとつして、息を整えてから、大立はつづきを読みだす。

〈「そのうち車ぜんたいが小刻みに揺れだして、身体がふわって浮いたかと思うと、護子さんのツンザくような悲鳴が車内に響き渡り、気づいたら世界が横になっていた。突風に煽《あお》られ、４ＷＤが横転したんだ。シートベルトのおかげで投げだされず、席に固定されたまま、傷も負っていなかった。でも隣というか、そのときは助手席側に倒れたんで、下にいる護子さんは瞼を閉じたままだった。呼びかけても目覚める気配はない。マズい、どうにかしなければと焦れば焦るほど、なにも思いつかない。すると目の前にメルシーがあらわれて、ハンドルの軸の部分からダッシュボードへ、そしてフロントガラスがひび割れてできた穴からでていこうとするからさ。よせ、やめろって止めたら、アイツ、振りむいて、俺の顔をじっと見つめてね。

ここにいても助からない。俺についてくるんだ。

目でそう訴えかけているのがわかったの。なんでかね。チンジュがオヤジさんを救った話が頭の片隅にあったせいかもな。それから自分のと護子さんのシートベルトを外して、彼女を雨合羽で包み、お姫様抱っこをして、運転席のドアを開き、嵐の中をでていった。焦らず手早くできたのは、やっぱ、メルシーがそばにいたおかげだと思う。雹は減っていても、横殴りの雨が身体に当たって痛いくらいで、一歩一歩踏みしめて歩かないと、風で身体が持っていかれそうなくらいだった。メルシーも腰を低く這《は》うようにして神妙に歩いていた。茶色と白のまだら模様の小さな背中が、それはもう頼もしく見えたもんだよ。兎戸神宮の手前に雑木林があるのわかるよね。メルシーはそこへむかっていったんだ。太さが一メートルは優にあるだろう木々も、揺れに揺れているのを目の当たりにして、生きた心地がしなかった。でもここまできたらメルシーを信じるしかないと雑木林の中を進んでいくと、途中で、アイツ、塚って言ったらいいのかな、小高く盛りあがったところをのぼっていく途中で、ぱっと消えたんだ。風に吹き飛ばされたかと焦ったけど、そうじゃなかった。塚の中腹に横穴があって、そこへ入っていたんだ。穴は屈《かが》んでいけばひとでもじゅうぶん通れる大きさでね。

なにやってんだ。早く入ってこい。

中からメルシーが呼んでいるのが聞こえてきたんで、まずは護子さんを足から滑らせるようにして先に入れて、俺も入った。後日知ったんだが、そこは県内にあった兵器工場を疎開させるために掘った地下壕《ごう》だったんだ。完成前に敗戦したんで、そのまま放置され、ひとびとの記憶からも消えかけていたらしい。野原を駆け巡るのが好きだったメルシーは、偶々見つけて元から知ってたんだろうな。あそこならば、人間でも入れるはずだと俺達を案内したとしか考えられないんだけど、きみ、信じられるかい？〉

「あの雑木林？」

助手席で窓の外に視線をむけながら、衣笠が呟《つぶや》くように言った。

「なにが？」

「メルシーが社長と奥さんを導いたっていう」

「ああ。たぶんそう」

だとしたらふたりが乗った４ＷＤが横転したのは、ちょうどこのへんだろうか。畑の中の一本道を自家用車で走りながら大立はぼんやり思う。

「あんなスペクタクル映画みたいなことがあったなんて、私、全然知らなかった。大立くんは？」

「竜巻の日、会社から命カラガラ逃げたんだ、そりゃもう大変だったと話すのを何度か聞いてはいたよ。でもまさかあんな凄絶《せいぜつ》だったとは思ってもみなかったな。メルシーに救われたのもはじめて知った」

「俄《にわか》には信じ難いけど、メルシーだったら、そんくらいできそうって納得しちゃうよね」

みゃぁあぁあ。

後部座席でゴサロが鳴いた。狭いケージに入れられているのが、お気に召さないようだ。

「あと少しだから我慢してね」

衣笠は振りむき、なだめるように言う。

富渡竜巻は御後安全靴にも甚大なる被害を与えた。事務所と化していた一軒家と工場だったプレハブ小屋三つすべてが全壊してしまったのだ。しばらく市街に場所を借りて営業していたが、三年後にはいまある本社ビルと工場が完成した。

ワイルドでヤンチャだったメルシーもさすがに歳には勝てなかった。好きだった遠出も次第に減っていき、本社ビルの玄関口で日がな一日寝そべっているようになった。もしかしたら門番のつもりだったのかもしれない。最後の数ヶ月は会長の家に引き取られ、スナックの壁からでてきてあと一週間で丸十八年という日に、その生涯を閉じた。

兎戸神宮の前を通り過ぎ、富渡第三小学校の脇を抜けると、五叉路《ごさろ》にでた。大立の自宅はいまきた一本道から見て、いちばん右の道なのだが、衣笠のアパートはいちばん左の道だった。

メルシーが亡くなってほぼ二ヶ月、おなじ年なのに年号がちがう五月なかばだった。充電をし忘れ、バッテリーが残り三パーセントだったのにもかかわらず、ギリいけるかもと衣笠は電動バイクに乗って出社した。結果、途中で充電は切れ、バイクを押していると、この五叉路でうろつく仔猫を見つけた。しばらくかまったあと、会社にむかったものの、すっかり懐かれ、もっと遊んでくれと猫は会社まで追いかけてきてしまった。衣笠のアパートはペット可だったので、自分で飼おうかと思ったものの、その日一日、仔猫は我が物顔で社内をうろつき、すっかり社員達のアイドルとなっていた。そしてそのまま社長や古参カルテットの許可を得ることもなく、なし崩し的に、御後安全靴の飼い猫に収まった。もちろん五叉路で拾ったからゴサロだ。

「仕事、忙しい?」

五叉路のいちばん左の道に入ると、衣笠が訊ねてきた。「うん、まあ」

「広告宣伝の仕事以外にも、社史つくらされているんだもんね。忙しくて当然か」

「衣笠さんのほうこそどうなの?　創立五十五周年にむけた安全靴、つくってんだろ。できそう?」

みゃぁあぁあ。

「おまえには訊いちゃないよ」

「でもゴサロにはずいぶん協力してもらっているんだ」

「靴をつくるのに？　なんで？」

「猫って足場が悪いところでも、じょうずに移動できるでしょ？　どうしてだと思う？」

質問に質問で返されてしまう。でも悪い気はしない。こんなふうに衣笠とふたりきりで会話をするのはひさしぶりで、ちょっとうれしいくらいだった。

「それはやっぱ、肉球のおかげじゃないのかな」

「正解っ。冴えてるね、大立くん」

「どうも」衣笠に褒めてもらい、頬《ほお》を緩めている自分に気づく。

「肉球はね、走っていたり、着地したりするときの衝撃を吸収して、身体への負担を減らしているわけ。それに体温を調節するときや、怖いとき、緊張したときに汗腺から汗がでて、ほどよく湿ってるんで、足場が滑りにくくなってもいるの。そのメカニズムを安全靴に活かせないかなって、目下開発中なんだ」

「それが五十五周年の靴？」

「まあね。でも来年発売は厳しいんで、式典までに試作品を完成させて、発表するって感じかな」

メルシーは御後安全靴のみなさんを、狩りひとつできない、か弱い生き物だと思ってて、だから自分が捕まえた獲物をあげたり、会社に近づく動物と戦ったりして守ろうとしていたのかもしれません。

富渡動物病院の院長先生がそう話していたのを思いだす。メルシーにかぎらずチンジュにサンショー、そしてゴサロもおなじではないか。歴代の猫達のおかげで、御後安全靴は五十五周年を迎えられると言っても過言ではない。

「いいじゃん。肉球安全靴。猫からヒントを得たっていうのがキャッチーで売れそうだ。っつうか商品化した暁《あかつき》にはがっつり宣伝して、売ってみせるよ」

「頼もしいなぁ。なんか俄然《がぜん》やる気でてきた。持つべきものは同期だね」

みゃぁあああぁあ。

「もちろん猫もよ」と言って衣笠は笑う。大立もいっしょになって笑った。「がんばろうね、大立くん。御後安全靴五十五周年GOGOッ」

衣笠は他人にはできない仕事をしているが、俺ときたら他人のしたがらない仕事をしているだけだ。でも引け目を感じている場合ではない。だからこそ人一倍、一生懸命やらなきゃ駄目なんだ。

猫に負けてはいられない。

初出

荻原浩「猫は長靴を履かない」……『季刊アスタ』vol.4
石田祥「ツレ猫婚」……WEB asta 2024年12月
清水晴木「いちたすいち」……WEB asta 2024年12月
標野凪「猫のヒゲ」……WEB asta 2024年12月
若竹七海「神様のウインク」……『季刊アスタ』vol.4
山本幸久「御後安全靴株式会社社史・飼い猫の項」……WEB asta 2024年12月

# 猫さえいれば、たいていのことはうまくいく。

荻原浩　石田祥　清水晴木
標野凪　若竹七海　山本幸久

2025年1月５日　第1刷発行
2025年4月30日　第4刷

発行者　加藤裕樹
発行所　株式会社ポプラ社
〒141-8210　東京都品川区西五反田3-5-8
JR目黒MARCビル12階
ホームページ　www.poplar.co.jp
フォーマットデザイン　bookwall
校正　株式会社円水社
印刷・製本　中央精版印刷株式会社


N.D.C.913/266p/15cm　ISBN978-4-591-18440-0



P8101506

ポプラ文庫好評既刊

# 本のない、絵本屋クッタラ

## おいしいスープ、置いてます。

標野凪

札幌にある『本のない、絵本屋クッタラ』は店主・広田奏と共同経営の八木が切り盛りする本屋兼カフェ。メニューは季節のスープセットとコーヒーのみだが、育児に悩んだり、自分の今の立ち位置に迷った客が今日もやってくる。名の通り店に本はないが、奏は客の話に耳を傾けると、後日悩みに寄り添う絵本をそっと差し出す。それは時に温かく、時に一読しただけではわからない秘密をもっていて……。

# みんなのふこう　葉崎は今夜も眠れない

若竹七海

葉崎FMで放送される「みんなの不幸」は、リスナーの赤裸々な不幸自慢が人気のコーナーだ。そこに届いた一通の投書。「聞いてください、わたしの友だち、こんなにも不幸なんです……」。海辺の田舎町・葉崎市を舞台に、疫病神がついていると噂されながら、どんなことにもめげない17歳のココロちゃんと、彼女を見守る女子高生ペンペン草ちゃん、周囲の人々が繰り広げる、泣き笑い必至の極上コージーミステリー！

ポプラ文庫好評既刊

# 花屋さんのいうことには

山本幸久

24歳、ブラック企業勤務。身も心も疲れ果てていた紀久子が深夜のファミレスで出会ったのは、外島李多と名乗る女性だった。彼女は「川原崎花店」という花屋さんを駅前で営んでいるらしく、酔っぱらった勢いで働くことに。バラエティに富んだ従業員と色とりどりのお花に囲まれながら、徐々に花屋さんの仕事に慣れていく中で、紀久子は自分の心にもう一度向き合いはじめ――。

ポプラ文庫好評既刊

# しっぽ食堂の土鍋ごはん
## 明日の歌とふるさとポタージュ

高橋由太

売れないシンガーソングライターの紬は唯一の仕事もなくなり、途方にくれていた。そんなとき偶然訪れたのは、神社の裏にある「しっぽ食堂」だった。ここはぶっきらぼうな店主・中堂陸が営む、土鍋でつくるあたたかな朝ごはんのお店。夫が病気になってしまった妊婦、落ち込んでいる保育園の園長先生、片思いしている男子高校生……悩めるお客を中堂のつくる美味しい料理とかわいい看板猫のしっぽが癒していく。